स्कन्दगुप्त

जयशंकर प्रसाद

GP042226NB

अनुक्रम

स्कन्दगुप्त विक्रमादित्य

इस नाट्य रचना का आधार दो मंतव्यों पर स्थिर किया गया है; जिनके संबंध में हमें कुछ कहना है–पहला यह कि उज्जयिनी का पर-दुःखभंजक विक्रमादित्य, गुप्त-वंशीय स्कंदगुप्त था और दूसरा यह कि मातृगुप्त ही दूसरा कालिदास था, जिसने 'रघुवंश' आदि काव्य बनाए।

स्कंदगुप्त का विक्रमादित्य होना तो प्रत्यक्ष प्रमाणों से सिद्ध होता है। शिप्रा से तुम्बी में जल भरकर ले आने वाले, और चटाई पर सोने वाले उज्जयिनी के विक्रमादित्य स्कंदगुप्त के ही साम्राज्य के खंडहर पर भोज के परमार पुरखों ने मालव का नवीन साम्राज्य बनाया था। परंतु मातृगुप्त के कालिदास होने में अनुमान का विशेष संबंध है। हो सकता है कि आगे चलकर कोई प्रत्यक्ष प्रमाण भी मिल जाये, परंतु हमें उसके लिए कोई आग्रह नहीं। इसलिए हमने नाटक में मातृगुप्त का ही प्रयोग किया है। मातृगुप्त का काश्मीर का शासन और तोरमाण का समय तो निश्चित-सा है। विक्रमादित्य के मरने पर उसका दिया काश्मीर राज्य वह छोड़ देता है, और वही समय सिंहल के कुमार धातुसेन का निर्धारित होता है। इसलिए इस नाटक में धातुसेन भी एक पात्र है। बंधुवर्म्मा, चक्रपालित, पर्णदत्त, शार्वनग, भटार्क, पृथ्वीसेन, खिंगिल, प्रख्यातकीर्ति, भीमवर्म्मा (इसका शिलालेख कौशांबी में मिला है), गोविंदगुप्त आदि सभी ऐतिहासिक व्यक्ति हैं।

इसमें प्रपंचबुद्धि और मुद्गल कल्पित पात्र हैं। स्त्री-पात्रों में स्कंद की। जननी का नाम मैंने देवकी रखा है। स्कंदगुप्त के एक शिलालेख में–"हतरिपुरिव कृष्णो देवकी मभ्युपेत" मिलता है। संभव है कि स्कंद की माता के नाम देवकी से ही–कवि को यह उपमा सूझी हो। अनंतदेवी का तो स्पष्ट उल्लेख पुरगुप्त की माता के रूप में मिलता है। यही पुरगुप्त स्कंदगुप्त के बाद शासक हुआ है। देवसेना और जयमाला वास्तविक और काल्पनिक पात्र, दोनों हो सकते हैं। विजया, कमला, रामा और मालिनी जैसी किसी दूसरी नामधारिणी स्त्री की भी उस काल में संभावना है; तब। भी ये कल्पित हैं। पात्रों की ऐतिहासिकता के विरुद्ध चरित्र की सृष्टि जहाँ तक संभव हो सका, नहीं होने दी गयी हैं, फिर भी कल्पना का अवलंब लेना ही पड़ा है, केवल घटना की परंपरा ठीक करने के लिए।

विक्रमादित्य

जिनके नाम से विक्रमीय संवत् का प्रचार है, भारत के उस आबाल वृद्धपरिचित, प्रसिद्ध विक्रमादित्य का ऐतिहासिक अस्तित्व कुछ विद्वान लोग स्वीकार नहीं करते। इसके कई कारण हैं। इसका कोई शिलालेख नहीं मिलता। विक्रमीय संवत् का उल्लेख प्राचीन ग्रंथों में नहीं है। स्वयं मालव में अति प्राचीन काल से एक मालव संवत् का प्रचार था, जैसे 'मालवानां गणस्थित्या याते शतचतुष्टये' इत्यादि। इसलिए कुछ विद्वानों का मत है कि गुप्तवंशीय प्रतापी द्वितीय चंद्रगुप्त विक्रमादित्य ही असली विक्रमादित्य था, उसी ने सौराष्ट्र के शकों को पराजित किया और प्रचलित मालव संवत् के साथ अपनी 'विक्रम' उपाधि जोड़कर विक्रमीय संवत् का प्रचार किया।

परंतु यह मत निस्सार है, क्योंकि चंद्रगुप्त द्वितीय का नाम तो चंद्रगुप्त। था, पर उपाधि विक्रमादित्य थी। उसने सौराष्ट्र के शकों को पराजित किया। इससे यह तात्पर्य निकलता हैं कि शकारि होना विक्रमादित्य होने के लिए आवश्यक था। चंद्र गुप्त द्वितीय के शकारि होने का हम आगे चलकर विवेचन करेंगे। पर चंद्रगुप्त उज्जयिनी-नाथ के न होकर पाटलिपुत्र के थे। उनके शिलालेखों में गुप्त संवत् व्यवहत हैं, तब वह दो संवतों के अकेले प्रचारक नहीं हो सकते। विक्रमादित्य उनकी उपाधि थी नाम नहीं था। इन्हीं के लिए 'कथासरित्सागर' में लिखा है– 'विक्रमादित्य इत्यासीद्राजा पाटलिपुत्र के'। सिकंदरसानी और आलमगीरसानी के उदाहरण पर मानना होगा कि जिसकी ऐसी उपाधि होती है, उसके पहले उस नाम का कोई व्यक्ति भी हो चुकता है। चंद्रगुप्त का राज्यकाल 385-413 ई. तक माना जाता है। तब, यह भी मानना पड़ेगा कि 380 के पहले कोई विक्रमादित्य हो गया है, जिसका अनुकरण करने पर उक्त गुप्तवंशीय सम्राट् चंद्रगुप्त ने विक्रमादित्य की उपाधि से अपने को विभूषित किया। तख्तेवाही के शिलालेख का, जो गोंडोफोरस का है, काल 103 ई. हैं। तत्कालीन ईसाई कथाओं के आधार पर जो समय उसका निर्धारित होता है, उससे वह विक्रमीय संवत् ही ठहरता है। तब यह भी स्थिर हो जाता है कि उस प्राचीन काल में, शक संवत् के अतिरिक्त एक संवत् का प्रचार था-और वह विक्रमीय था। मालव लोग उसके व्यवहार में मालव शब्द का प्रयोग करते थे।

चंद्रगुप्त का शक-विजय

कहा जाता है, गुप्तवंशीय सम्राट् चंद्रगुप्त विक्रमादित्य ने मालव और सौराष्ट्र के पश्चिमी क्षत्रपों को पराजित किया, जो शक थे। इसलिए यही चंद्रगुप्त विक्रमादित्य था। सौराष्ट्र में रुद्रसिंह तृतीय के बाद किसी के सिक्के नहीं मिलते; इसलिए यह माना जाता है कि इसी चंद्रगुप्त ने रुद्रसिंह को पराजित करके शकों को निर्मूल किया। पर बात कुछ दूसरी है। चंद्रगुप्त के पिता समुद्रगुप्त ने ही भारत की विजय-यात्रा की थी। हरिषेण की प्रशस्ति से ज्ञात होता है कि आर्यावर्त्त के विजित राजाओं में एक नाम रुद्रदेव भी है। संभवतः यही रुद्रदेव स्वामी रुद्रसेन था, जो सौराष्ट्र का भी क्षत्रप था। तब यह विजय समुद्रगुप्त की थी, फिर चंद्रगुप्त ने किन शकों को निमूल किया? चंद्रगुप्त का शिलालेख बेतवा और यमुना के पश्चिमी-तट पर नहीं मिला। समुद्रगुप्त के शिलालेख से प्रकट होता है कि उसी ने विजय-यात्रा में राजाओं को भारतीय पद्धति के अनुसार पराजित किया। तात्पर्य, कुछ लोगों से उपहार लिया, कुछ लोगों को उनके सिंहासनों पर बिठला दिया, कुछ लोगों से नियमित 'कर' लिया इत्यादि। चंद्रगुप्त के पहले ही यह सब हो चुका था, वस्तुतः वे सब शासन में स्वतंत्र थे। तब कैसे मान लिया जाये कि सौराष्ट्र और मालव में शकों को चंद्रगुप्त ने निर्मूल किया, जिसका उल्लेख स्वयं चंद्रगुप्त के किसी भी शिलालेख में नहीं मिलता ? गुप्तवंशियों की राष्ट्रनीति सफल हुई, वे भारत के प्रधान सम्राट माने जाने लगे, पर स्वयं चंद्रगुप्त का उमकालीन नरवर्म्मा (गंगधर के शिलालेख में) और वह भी मालव का, स्वतंत्र नरेश माना जाता है। फिर मालव-चक्रवती उज्जयिनी-नाथ विक्रमादित्य और सम्राट् चंद्रगुप्त, जो मगध और कुसुमपुर के थे, कैसे एक माने जा सकते हैं? चंद्र गुप्त का समय 413 ई० तक है। इधर मंदसोर वाले 424 ई० के शिलालेख में विश्ववर्म्मा और उसके पिता नरवर्म्मा स्वतंत्र मालवेश हैं। यदि मालव गुप्तों के अधीन होता तो अवश्य किसी गुप्त राजाधिराज का उसमें उल्लेख होता, जैसाकि पिछले शिलालेख में (जो 437 ई. का है) कुमारगुप्त का उल्लेख है-"वनांतवांतस्फूट पुष्पहासिनीं कुमारगुप्तेपृथिवीं प्रशासति" इससे यह सिद्ध हो जाता है कि चंद्रगुप्त का संपूर्ण अधिकार मालव पर नहीं था, वह उज्जयिनीनाथ नहीं थे। उनकी उपाधि विक्रमादित्य थी, तब उनके पहले एक विक्रमादित्य 385 से पूर्व हुए थे। हमारे प्राचीन लेखों में भी इस प्रथम विक्रमादित्य का अनुसंधान मिलता है। 'गाथा सप्तशती' एक प्राचीन गाथाओं का संग्रह 'हाल' भूपति के नाम से

उपलब्ध है। पैठन में इसकी राजधानी थी। इसका समय ईसवीय सन् की पहली शताब्दी है। महामहोपाध्याय पंडित दुर्गाप्रसाद ने अभिनंद के रामचरित से–

"हालेनोत्तम पूजयाकवि वृषः श्रीपालितो लालितः
ख्यातिं कामपि कालिदास कवयो नीता शकारातिना"

उद्धृत करके माना है कि श्रीपालित ने अपने राजा 'हाल' के लिए यह 'गाथा सप्तशती' बनायी इसमें एक गाथा पांचवें शतक की है

"संवाहन सुहस्स तोसिएण देन्तेह तुहकरे लक्खम् ॥
चलणेण विक्रमादित्त चरित्रं अणु सिक्खअंतिस्सा" ॥ 64 ॥

ईसवी पूर्व पहली शताब्दी में एक विक्रमादित्य हुए, इसके मानने का यह एक प्रमाण है। जैन ग्रंथ कालकाचार्य-कथा में उज्जयिनी-नाथ विक्रम का मध्यभारत के शकों को परास्त करना लिखा है। प्रबंधकोश में लिखा है कि महावीर स्वामी के मोक्ष पाने पर 470 वर्ष बाद विक्रमादित्य हुए। भारत की परंपरागत कथाओं में प्रसिद्ध है कि विक्रमादित्य गंधर्वसेन का पुत्र था। टाड ने राजस्थान के राजकुलों का वर्णन करते हुए यह लिखा है। कि तुअरवंश पांडव वंश की एक शाखा है, जिसमें संवत् प्रचारक विक्रम और अनंगपाल का जन्म हुआ था। प्राचीन ऐतिहासिक ग्रंथ 'राजावली में दिल्ली के राजाओं का वर्णन करते हुए लिखा है कि दिल्ली के राजा राजपाल का राज्य कमायूं के पहाड़ी राजा शुकवंत ने छीन लिया। उसे विक्रमादित्य ने मारकर दिल्ली का उद्धार किया। इधर प्रसिद्ध विद्धान् स्मिथ ने लिखा है कि ईसा के पूर्व दूसरी शताब्दी में शकों का उत्थान हुआ जो भारत में उसी के लगभग घुसे।

पिछली शक-शाखा के संबंध में, जो सौराष्ट्र गयी, यह कहा जाता है। कि चंद्रगुप्त विक्रमादित्य ने उसे निमूल किया, पर वास्तव में 385 ई० तक समुद्रगुप्त जीवित थे और उन्हीं के समय में 382 ई० तक के शक सिक्के मिलते हैं। बाद के सिक्के बिना संवत् के हैं। इससे प्रतीत होता है कि समुद्रगुप्त के सामने क्षत्रपों का प्रताप निस्तेज हुआ, फिर विना संवत् के सिक्के वहाँ प्रचलित हुए। तात्पर्य, उक्त समुद्रगुप्त के समय 385 तक ही सौराष्ट्र की शक-शाखा का ह्रास हुआ। चंद्रगुप्त का राज्यारोहण-काल 380 ई० मानते हैं। परंतु उसका सबसे पहला शिलालेख उदयगिरि का गुप्त संवत् 82 (ई० 401) का मिलता है। सौराष्ट्र के जो सिक्के चंद्रगुप्त के माने जाते हैं वे गुप्त संवत् 90 (ई० 409) के

हैं, इसके पहले के नहीं। शक क्षत्रपों के अंतिम सिक्कों का समय 311-389 ई० है। अच्छा, इन सिक्कों के बाद 389 से लेकर 409 ई०-20 वर्ष तक किन सिक्कों को प्रचार रहा, क्योंकि चंद्रगुप्त के सिक्कों के देखने से उसका सौराष्ट्र-विजय 409 ई० से पहले का नहीं हो सकता (जब के उसके सिक्के है) फिर उदयगिरि वाला लेख भी ई० 401 के पहले का नहीं है। तब यह सहज ही अनुमान किया जा सकता है कि चंद्रगुप्त के (राज्यारोहण-काल 400 ई० के समीप होगा। परंतु 389 ई० तक के शक-क्षत्रपों के सिक्कों के मिलने के कारण चंद्रगुप्त को ही शकारि विक्रमादित्य प्रमाणित करने के लिए चंद्र गुप्त का) राज्यारोहण-काल का 385 या 380 ई. में इसलिए अनुमान किया जाता है जिसमें सौराष्ट्र विजय का श्रेय उसी को मिले। वास्तव में समुद्रगुप्त के ही समय में शक विजय हुआ। हरिषेण की विजय-प्रशस्ति में समुद्रगुप्त के द्वारा पराजित राजाओं की नामावली में रुद्रदेव का भी उल्लेख है और यह रुद्रदेव सौराष्ट्र के शक क्षत्रपों में रहा होगा। चंद्रगुप्त ने भी पिता के अनुकरण पर विजय यात्रा की थी, जैसाकि उसके उदयगिरि वाले शिलालेख से स्पष्ट है, परंतु उसके शासन-काल में मालव स्वतंत्र था। समुद्रगुप्त के बाद मालव और सौराष्ट्र स्वतंत्र राष्ट्र गिने जाते थे। गंगधार और मंदसोर के दोनों शिलालेखों को देखने से सूचित होता है कि नरवर्म्माऔर विश्ववर्म्मा मालव के स्वतंत्र नरेश थे। कुमारगुप्त के समय में बंधुवर्म्मा ने संभवतः 424-437 ई० के बीच गुप्त-साम्राज्य के अधीन होना स्वीकार किया।

चंद्रगुप्त के शक-विजय का उल्लेख बाणभट्ट ने भी किया है-"अरिपुरे परकलत्रकामुकं कामिनीवेशश्चंद्रगुप्तः शकनरपति अशातयद्।" यह शक विजय किस प्रांत में हुआ, इसका ठीक उल्लेख नहीं, पर कुछ लोग अनुमान करते हैं कि कुशानों के दक्षिणी शक-क्षत्रप से 400 ई. के समीप प्रतिष्ठान का उद्धार चंद्रगुप्त ने किया। जब आंध्र राजाओं से लड़-झगड़कर वे शक क्षत्रप स्वतंत्र हो गये थे और चंद्रगुप्त ने दक्षिण के उन स्वतंत्र शकों को पराजित करने के लिए जिस उपाय का अवलंबन किया था, उसका उल्लेख 'कथा सरित्सागर' की चौथी तरंग से भी प्रकट है।

मथुरा के शक शासकों का नाश, जो शकों की पहली शाखा के थे, किसने किया- इस संबंध में इतिहास चुप है। राजुबुल, षोडश और खरओष्ठ नाम के तीन शक नरेशों के ई. पूर्व पहली शताब्दी में मथुरा पर शासन करने का उल्लेख स्पष्ट मिलता है। षोडाश ने

आर्य-शासक रामदत्त से दिल्ली और मथुरा छीनकर शक-राज्य प्रतिष्ठित किया था। 'राजावली' में इसका उल्लेख है कि विक्रमादित्य ने पहाड़ी राजा शुकवंत से दिल्ली का उद्धार किया। शुकवंत संभवतः विदेशी षोडाश का ही विकृत नाम है, क्योंकि ईसा की पहली शताब्दी के बाद उस प्रांत में उन शकों का शासन निर्मल हो गया। इन लोगों को पराजित करने वाला वही विक्रमादित्य हो सकता है जो ईसवीय पूर्व पहली शताब्दी का हो।

जैसलमेर के इतिहास में भट्टियों का वर्णन यहाँ बड़े काम का है। उन्होंने लिखा है कि विक्रमीय संवत् 72 में गजनी-पति गज का पुत्र शालिवाहन मध्य-एशिया की क्रातियों से विताड़ित होकर भारतवर्ष चला आया, और उसने पंजाब में शलिवाहनपुर (शालपुर या शाकल) नाम की राजधानी बसायी। स्मिथ ने जिस दूसरी शक-शाखा का उल्लेख किया है, उसके समय से भट्टियों के इस शालिवाहन का समय ठीक-ठीक मिल जाता है। शकों के दूसरे अभियान का नेता वही शालिवाहन था, जिसके संबंध में 'भविष्य पुराण' में लिखा है-

एतस्मिनन्तरे तत्र शालिवाहन भूपतिः ।
विक्रमादित्य पौत्रस्य पितुराज्यं गहीतवान्॥

कुछ लोग 'पौत्रश्च' अशुद्ध पाठ द्वारा भ्रांत अर्थ निकालते हैं जो असंबद्ध है। विक्रमादित्य के पौत्र का राज्य अपहरण करने वाला शालिवाहन विदेशी था। प्रबंध चिंतामणि में भी शालिवाहन को नागवंशीय लिखा है। गजनी से आया हुआ शालिवाहन एक शक था। संभवतः उसी ने शक-राज्य की स्थापना की थी और शक-संवत् का प्रचार किया। इसके पिता के ऊपर जिस खुरासान के फरीदशाह के आक्रमण की बात कही। जाती है, वह पार्थियानरेश 'मिश्राडोटस' का पुत्र 'फराटस द्वितीय' रहा होगा।

उस काल में युवेची, पार्थियन और शकों में भयानक संघर्ष चल रहा था। गजनी के शकों को भी इसी कारण अपना देश छोड़कर रावी एवं चुनाव के बीच में 'शाकल' बसाना पड़ा। मिथ्राडोटस द्वितीय आदि के शासन-काल में भारतवर्ष में उत्तर-पश्चिमी भू-भाग बहुत दिनों तक इन्हीं शकों के अधिकार में रहा। कभी पार्थियन, कभी शक और कभी युवेची जाति की प्रधानता हो जाती थी। उसी समय में मालवों को पराजित करके शकों ने पंजाब में अपने राज्य की स्थापना की थी। स्मरण रखना होगा कि मालव से यहाँ उस

राष्ट्र का संबंध है जो पाणिनि के समय में मालव क्षुद्रकगण कहे जाते थे और सिकंदर के समय में 'Malloi and Azodrapai' के नाम से अभिहित थे।

इस प्राचीन मालव की सीमा पंजाब में थी। विक्रमादित्य और शकों का प्रथम कहरूर-युद्ध मुल्तान से 40 मील दक्षिण-पूर्व में हुआ और शालिवाहन के नेतृत्व में शकों के आक्रमण से मालवों को दक्षिण की ओर हटना पड़ा। संभवतः वर्तमान मालव देश उसी काल में मिलाया गया और जहाँ पर इन मालवों ने शकों से पराजित होकर अपनी नयी राजधानी बनाई, वह मंदसोर और उज्जयिनी थी। शालिवाहन की इस विजय के बाद उसी के वंश के लोग राजस्थान से होते हुए सौराष्ट्र तक फैल गये और वे पश्चिमीय क्षत्रप के नाम से प्रसिद्ध हुए। चष्टन और नहपान आदि दक्षिण तक इसकी विजय-वैजयंती ले गये। नहपान को कुंतलेश्वर सातकणिने पराजित किया। 'कथा-सरित्सागर' से पता चलता है कि भरुकच्छ देश से भी शकों की सत्ता सातकणि ने उठा दी और 'कालाप' व्याकरण के प्रवर्तक शर्ववर्म्मा को वहाँ का राज्य दिया। शालिवाहन के सेनापतियों ने दक्षिण में शक-संवत् का अपने शासन-बल से प्रचार किया। उत्तरी भारत में आक्रमण और संघर्ष बराबर होते रहे, इसलिए उज्जयिनी में वे अधिक समय तक न ठहर सके। शक क्षत्रपों ने सौराष्ट्र में अपने को दृढ़ किया और नवीन मालव जिसे दक्षिण मालव भी कहते हैं-शीघ्र स्वतंत्र होने के कारण अपने पूर्व-व्यवहृत मालव-संवत् का ही उपयोग करता रहा।

ऊपर के प्रमाणों से यह सिद्ध करने का प्रयत्न किया गया है कि प्रथम विक्रमादित्य-गंधर्वसेन का पुत्र-मालवगण का प्रमुख अधिपति रहा। उसने मथुरा वाली शकशाखा का नाश किया और दिल्ली का उद्धार करके जैत्रपाल को वहाँ का राज्य दिया।

संवत् 1699 अगहन सुदी पंचमी की लिखी हुई 'अभिज्ञान शाकुंतल' की प्राचीन प्रति से जो पं. केशवप्रसाद जी मिश्र (भदैनी, काशी) के पास है, दो स्थलों के नवीन पाठों का अवतरण यहाँ दिया जाता है-

1. "आर्ये रसभाववशेषु दीक्षागुरोः श्रीविक्रमादित्य साहसांकस्याभिरूप भूयिष्ठेयं परिषत् अस्यां च कालिदास प्रयुक्तेनाभिज्ञानशाकुन्तलम् नाम्नानवेन नाटकेनोपस्थातव्यमस्माभिः।"

2. "भवतु तवविडौजाः प्राज्यवृष्टिः प्रजासु त्वमपि वितत यज्ञो वज्रिणं भावयेथा गण शत परिवतैरेवमन्योन्य कृत्यै–नियतमुभयलोकानुग्रहश्लाघनीयै ।"

इसमें कृष्णांकित दोनों काले शब्दों पर ध्यान देने से दो बातें निकलती हैं। पहली यह है कि जिस विक्रमादित्य का उल्लेख शाकुंतल में है, उसका नाम विक्रमादित्य है और 'साहसांकश इसकी उपाधि है। दूसरे भरत वाक्य में 'गण' शब्द के द्वारा इंद्र और विक्रमादित्य के लिए यज्ञ और गण राष्ट्र-दोनों की ओर कवि का संकेत है। इसमें राजा या सम्राट जैसा कोई संबोधन विक्रमादित्य के लिए नहीं है। तब यह विचार पुष्ट होता है कि विक्रमादित्य मालव गणराष्ट्र का प्रमुख नायक था, न कि कोई सम्राट या राजा। कुछ लोग जैत्रपाल को विक्रमादित्य का पुत्र बताते हैं। हो सकता है, इसी के एकाधिपत्य से मालवगण में फूट पड़ी हो और शालिवाहन के द्वितीय शक-आक्रमण में वे पराजित हुए हों।

चंद्रगुप्त विक्रमादित्य मालव का अधिपति नहीं था, वह पाटलिपुत्र का विक्रमादित्य था। उसने स्त्री-वेश धारण करके किसी शक-नरपति को मार डाला था। पर पश्चिमी मालवा और सौराष्ट्र उसके समय में भी अपना स्वतंत्र अस्तित्व रखते थे, क्योंकि नरवर्म्माऔर विश्ववर्म्मा का मालव में और स्वामी रुद्र सिंह आदि तीन स्वतंत्र नरपति नाम सौराष्ट्र के शकों के मिलते हैं। इसके लेख आकार, उदयगिरि और गोपाद्रि तक ही मिलते हैं। जैसा विक्रमादित्य का चरित्र है, उसके विरुद्ध इसके संबंध में कुछ गाथाएं मिलती हैं। अपने पिता समुद्रगुप्त की विजयों के आधार पर और किसी शक-नरपति को मारकर, इसने भी पहली बार विक्रमादित्य की उपाधि धारण कर ली थी। यह असली विक्रमादित्य के बराबर अपने को समझता था।

'कथासरित्सागर' और 'हर्षचरित' से लिये गये अवतरणों पर ध्यान देने से यह विदित होता है कि यह शक-विजय किसी छल से मिली थी। तुआर या (शिवप्रसाद के मतानुसार पंवार) या मालवगण के प्रमुख अधीश्वर से भिन्न यह पाटलिपुत्र का विक्रमादित्य चंद्रगुप्त था, जिसका समय 385 (400?) से प्रारंभ होकर 413 ई० तक था।

कुछ लोगों का मत था कि मालव का यशोधर्म देव तीसरा विक्रमादित्य था, परंतु जिस 'राजतरंगिणी' से इसके विक्रमादित्य होने का प्रमाण दिया जाता है, उसमें यशोधर्म्म

के साथ विक्रम शब्द का कोई उल्लेख नहीं हैं। उसके शिलालेखों, सिक्कों में भी इसका नाम नहीं हैं। यशोधर्म्म के जयस्तंभ में हूण मिहिरकुल को पराजित करने का प्रमाण मिलता है, परंतु यह शकारि नहीं था। यह अनुमान भी भ्रांत है कि इसी यशोधर्म्म देव ने मालव-संवत् के साथ विक्रम नाम जोड़कर विक्रम-संवत् का प्रचार किया, क्योंकि उसी के अनुचरों के शिलालेख में मालवगण-स्थिति का स्पष्ट उल्लेख है–

"पंचसु शतेसु शरदां यातष्वेकान्नति सहितेषु ।।

मालवगण स्थिति वशात् कालज्ञानाथ लिखितेषु ।"

अलबेरूनी के लेख से यह भ्रम फैला है, परंतु वही अपनी पुस्तक में दूसरी जगह कहरूर युद्ध के विजेता विक्रमादित्य से संवत् प्रचारक विक्रमादित्य को भिन्न मानकर अपनी भूल स्वीकार करता है। डॉक्टर हार्नेली और स्मिथ कहरूर युद्ध के समय में मतभेद रखते हैं। हार्नेली उसे 544 में और स्मिथ 528 ई० में मानते हैं। कहरूर का रणक्षेत्र कई युद्धों की रंग स्थल है, जैसा कि पिछले काल में पानीपत। शक और हूणों के आक्रमण काल में प्रथम विक्रमादित्य-स्कंदगुप्त और यशोधर्म्म ने वहीं विजय प्राप्त की। अलवेरूनी ने पिछले युद्ध का ही विवरण सुनकर अपने को भ्रम में डाल दिया। जिन लोगों ने यशोधर्म्म देव को 'विक्रमादित्य सिद्ध करने की चेष्टा की है वे 'राजतरंगिणी' का नीचे लिखा हुआ अवतरण प्रमाण में देते हैं–

"उज्जयिन्यां श्रीमान् हर्षापराभिधः, एकच्छत्रश्चक्रवर्ती विक्रमादित्य इत्यभूत्" इस श्लोक के 'श्रीमान् हर्ष' पर भार डालकर असंभावित अर्थ किया जाता है; पर हर्ष विक्रमादित्य से यशोधर्म का क्या संबंध है, यह स्पष्ट नहीं होता। इसी हर्ष विक्रमादित्य के लिए कहा जाता है कि उसने मातृगुप्त को काश्मीर का राज्य दिया। परंतु इतिहास में पांचवीं और छठी शताब्दी में किसी हर्ष नामक राजा के उज्जयिनी पर शासन करने का उल्लेख नहीं मिलता। बहुत दिनों बाद ईसवीय सन् 970 के समीप मालव में श्रीहर्षदेव परमार को राज्य करना मिलता है। राजतरंगिणी के अनुसार उक्त हर्ष-विक्रमादित्य का काल वही है जब काश्मीर में गांधार वंश का 'तोरमाण' युवराज था। तोरमाण के शिलालेखों से यह सिद्ध हो जाता है। कि उसके पिता तुजीन व प्रवरसेन का समकालीन स्कंदगुप्त मालव का शासक हो सकता है। तब क्या आश्चर्य है कि लेखक के प्रमाद से,

राजतरंगिणी में हर्ष का उल्लेख हो गया हो, और शुद्ध पाठ 'श्रीमान् स्कंदापराभिधः' हो। क्योंकि इसी तोरमाण ने 500 ई० में गुप्तवंशियों से मालव ले लिया था तब मातृगुप्त वाली घटना 500 ई० के पहले की है। जो लोग यशोधर्म्म को विक्रमादित्य मानते हैं, वे यह भी कहते हैं कि मिहिरकुल को पराजित करने में यशोधर्म्म और नरसिंहगुप्त-बालादित्य दोनों का हाथ था, परंतु यह भी भ्रम है। नरसिंहगुप्त 528 या 544 ई० तक जीवित नहीं थे। यशोधर्म्म का समकालीन बालादित्य द्वितीय हो सकता है, जो हमारे दिए हुए वंशवृक्ष के देखने से स्पष्ट हो जाएगा।

श्री काशीप्रसाद जायसवाल ने अपने विद्धत्तापूर्ण लेख में यह प्रमाणित किया है कि यशोधर्म्म कल्कि थे। 'कल्किपुराण' (जीवानंद संस्करण) में लिखा है-

प्रसीद जगतांनाथ धर्मवर्म्म रमापते ॥ अध्याय 3 ॥

मुने किमत्र कथनं काल्किना धर्मवर्मणा ॥ अध्याय 4 ॥

तब 'राजतरंगिणी' का यह अवतरण और भी हमारे मत को पुष्ट करता है कि यशोधम्र्मदेव से पहले विक्रमादित्य हुए थे–

म्लेच्छोच्छेदाय वसुधां हरेरवतरिष्यतः ॥

शकान्विनाश्य येनादौ कार्य्य भारो लघूकृतः ॥ तरंग 3 ॥

भावी कल्कि यशोधर्म्म के कार्य-भार को लघु कर देने वाले विक्रमादित्य उनसे 60 वर्ष पहले ही हुए थे, और वह थे श्रीविक्रमादित्य स्कंदगुप्त। इस तरह 'राजतरंगिणी' के 'श्रीमान् हर्षापराभिधः' के शुद्ध पाठ से 'श्रीमान् स्कंदपराभिधः' की संगति भी लग जाती है।

इन तीसरे विक्रमादित्य स्कंदगुप्त के संबंध में 'कथासरित्सागर' का (विषम शील) लंबक सविस्तार वर्णन करता है। उज्जयिनीनाथ (महेंद्रादित्य) का पुत्र यह विक्रमादित्य 'म्लेच्छाक्रांतेचभूलोक' उत्पन्न हुआ और इसने–

"मध्यदेशः स सौराष्ट्रः स वङ्गाङ्गा च पूर्व दिक्

स काश्मीरान्सकौबेरी काण्ठाश्च करदीकृता

म्लेच्छसंघाश्च निहताः शेषाश्च स्थापिता वशे।"

इतिहास में सम्राट् कुमारगुप्त की उपाधि महेंद्रादित्य प्रसिद्ध है। इसके चांदी के सिक्कों पर 'परम भागवत महाराजाधिराज श्रीकुमार गुप्त महेंद्रादित्य स्पष्ट लिखा मिलता

है। इसी के समय में मालव के स्वतंत्र नरेश विश्ववर्म्मा के पुत्र बंधुवर्म्मा ने अधीनता स्वीकार कर ली। विक्रमाब्द 480 तक, गंगधार के शिलालेख द्वारा मालव का स्वतंत्र रहना प्रमाणित है, परंतु 529 विक्रमाब्द वाले मंदसोर के शिलालेख में 493 विक्रमीय में कुमारगुप्त की सार्वभौम सत्ता मान ली गयी। इससे प्रतीत होता है कि इसी काल में मालव गुप्त-साम्राज्य में सम्मिलित हुआ। चंद्रगुप्त द्वितीय के समय में नरवर्म्माऔर विश्ववर्म्मा मालव के स्वतंत्र नरेश थे। कुछ लोगों का अनुमान है कि नर्मदा के निकटवर्ती पुण्यमित्रों ने जब गुप्त साम्राज्य से युद्ध प्रारंभ किया था तभी कुमार स्कंदगुप्त के नेतृत्व में गुप्त साम्राज्य की सेना ने उज्जयिनी पर अधिकार किया। इन्हीं स्कंदगुप्त का सिक्कों में 'परम भागवत श्री विक्रमादित्य स्कंदगुप्त' के नाम से उल्लेख मिलता है। इनके शिलालेख से प्रकट हैं कि कुल लक्ष्मी विचलित थी, म्लेच्छों और हूणों से आर्यावर्त आतंकित था। अपनी सत्ता बनाये रखने के लिए इन्होंने पृथ्वी पर सोकर रातें बितायीं। हूणों के युद्ध में जिसके विकट पराक्रम से धरा विकंपित हुई, जिसने सौराष्ट्र के शकों का मूलोच्छेद करके पर्णदत्त को वहाँ का शासक नियत किया वे स्कंदगुप्त ही थे, जूनागढ़ वाले लेख में इसका स्पष्ट उल्लेख है। स्कंदगुप्त की प्रशंसा में उसमें लिखा है–

"आपिच जितमिव तेन प्रथयन्ति यशांसि यस्य
रिपवोप्यामुल भग्नदर्पा निर्वचना म्लेच्छदेशेषु"

पर्णदत्त के पुत्र चक्रपालित ने 'सुदर्शन झील' का संस्कार कराया था, उससे अनुमान होता है कि अंतिम शक-क्षत्रप रुद्रसिंह की पराजय वाली घटना ईसवीय सन् 457 के करीब हुई थी। स्कंदगुप्त को सौराष्ट्र के शकों और तोरमाण के पूर्ववती हूणों से लगातार युद्ध करना पड़ा। इधर वैमातक भाई-पुरगुप्त से आंतरिक द्वंद्व भी चल रहा था। उस समय की विचलित राजनीति को स्थिर करने के लिए प्राचीन राजधानी पाटलिपुत्र या अयोध्या से दूर-एक केंद्रस्थल में अपनी राजधानी बनाना आवश्यक था। इसलिए वर्तमान मालव की मौर्यकाल की अवंती नगरी को ही स्कंदगुप्त ने अपने साम्राज्य का केंद्र बनाया और शकों तथा हूणों को परास्त करके उत्तरीय भारत से हूणों तथा शकों का राज्य निर्मूल कर 'विक्रमादित्य की उपाधि धारण की।

'विक्रमादित्य' उपाधि के लिए शकों का नाश करना एक आवश्यक कार्य था। पिछले काल में इसीलिए विक्रमादित्य का एक पर्याय 'शकारि भी प्रचलित था और स्कंदगुप्त के

समय में सौराष्ट्र के शकों का विनाश होना चक्रपालित के शिलालेख से स्पष्ट है परंतु यशोधर्म के समय में शकों का राज्य कहीं न था। यही बात 'राज-तरंगिणी' के 'शकान्विनाश्य येनादौ काय भारो लघुकृतः' से भी ध्वनित होती है। मंदसोर वाले जय स्तंभ में यशोधर्म का शकों के विजय करने का उल्लेख नहीं है, हूणों के विजय का है। मंदसोर के यशोधर्म के विजय स्तंभ का भी वही समय है जो वराहदास या विष्णुवर्द्धन के शिलालेख का है। गोविंद की उत्कीर्ण की हुई दोनों प्रशस्तियां हैं। उसका समय 532 ई० का है। मिहिरकुल ही भारी विदेशी शत्रु था, यह बात उक्त जयस्तंभ से प्रतीत होती है। मिहिरकुल 532 ई० के पहले पराजित हो चुका था तब वह कौन-सा युद्ध 544 ई. में हुआ था यह नहीं कहा जाता, जिसके द्वारा यशोधर्म के 'विक्रम' होने की घोषणा की जाती है; इसी से हार्नली के विरुद्ध स्मिथ ने यशोधर्म द्वारा मिहिरकुल के पराजित होने का काल 528 ई० माना है। परंतु वे इस युद्ध को 'कहरूर युद्ध' कहकर संबोधित नहीं करते। कहरूर 544 ई० में नहीं हुआ जैसाकि फर्गसन, कीलहान, हार्नली आदि का मत है, प्रत्युत् पहले बहुत पहले 458 ई० के समीप दूसरी बार हो चुका है। संभवतः सौराष्ट्र के शक रुद्रसिंह और गांधार के हूण तुंजीन की सम्मिलित वाहिनी को 'कहरूर-युद्ध में पराजित कर स्कंदगुप्त ने आर्यावर्त की रक्षा की थी। अच्छा, जब 528 ई० में मिहिरकुल पर विजय निश्चित-सी है तब 'कहरूर-युद्ध' के ऊपर विक्रमादित्य को यशोधर्म मानने वाला सिद्धांत निर्मूल हो जाता है, क्योंकि 432 के पहले ही यशोधर्म हूण विजय करके सम्राट् आदि पदवी धारण कर चुका था; फिर 544 ईसवीय के किसी काल्पनिक युद्ध की आवश्यकता नहीं है।

'राजतरंगिणी' और 'सुंगयुन' के वर्णन मिलाने पर प्रतीत होता है कि हूणों का प्रधान केंद्र गांधार था। वहीं से हूण राजकुमार अपनी विजयिनी सेना लेकर भिन्न-भिन्न प्रदेशों में राज्य स्थापन करने गये। राजतरंगिणी का क्रम देखने से तीन राजाओं का नाम आता है- भेघवाहन, तुजीन और तोरमाण। गांधार के मेघवाहन के समय में काश्मीर उसके शासन में हो गया था। उसके पुत्र तुजीन ने काश्मीर की सूबेदारी की थी। यही तुजीन प्रवरसेन के नाम से प्रसिद्ध हुआ, जिसने झेलम पर पुल बनवाया। 'सेतुबंध' नामक प्राकृत काव्य इसी के नाम से अंकित है। गांधारवंशीय हूण का समय और स्कंदगुप्त का समय एक है, क्योंकि उसके पुत्र तोरमाण का काल 500 ई० स्मिथ ने सिद्ध किया है। संभवतः स्कंदगुप्त के द्वारा हूणों से काश्मीर राज्य निकल जाने पर मातृगुप्त वहाँ का शासक था।

यह उज्जयिनी नाथ, कुमारगुप्त-महेंद्रादित्य का पुत्र स्कंदगुप्त-विक्रमादित्य ही था जिसने सौराष्ट्र आदि से शकों का और काश्मीर तथा सीमाप्रांत से हूणों का राज्य-ध्वंस किया और सनातन आर्य-धर्म की रक्षा की म्लेच्छों से आक्रांत भारत का उद्धार किया। 'भितरी' के स्तंभ में अंकित "जयतिभुजबलाढ्यो गुप्तवंशैकवीरः प्रथित विपुलधामा नामतः स्कंदगुप्तः विनयबलसुनीतैविक्रमेण क्रमेण" से स्पष्ट प्रतीत होता है कि स्कंदगुप्त विक्रमादित्य ही द्वितीय 'कहरूर युद्ध' का विजेता 'तृतीय विक्रम' है।

पिछले काल के स्वर्ण के सिक्कों को देखकर लोग अनुमान करते हैं कि उसी के समय में हूणों ने फिर आक्रमण किया और स्कंदगुप्त पराजित हुए। वास्तव में ऐसी बात नहीं। तोरमाण के शिलालेखों के संवत् को देखने से यह विदित होता है कि स्कंदगुप्त पहले ही निधन को प्राप्त हुए, और दुर्बल पुरगुप्त के हाथों में पड़कर तोरमाण के द्वारा गुप्त साम्राज्य का विध्वंस किया गया और गोपाद्रि तक उसके हाथ में चले गये।

कालिदास

विक्रम के साथ कालिदास का कुछ ऐसा संबंध है कि एक का समय निधरण करने में दूसरे की चर्चा आवश्यक-सी हो जाती है। यह प्रतिपादित किया जा चुका है कि 57 ईसवीय पूर्व में मालव के प्रथम विक्रमादित्य हुए, और दूसरे विक्रमादित्य का समय 385 (400?) ईसवीय से 413 ईसवीय तक है। इनका संपूर्ण नाम श्री चंद्रगुप्त विक्रमादित्य है। ये मगध के सम्राट् थे। संभवतः इन्होंने अयोध्या को अपनी राजधानी बनायी थी। तीसरे विक्रमादित्य श्री स्कंदगुप्त विक्रमादित्य थे। वर्तमान मालव के प्रधान नगर उज्जयिनी को उन्होंने अपनी राजधानी बनायी थी। गुप्त राजवंश के अंतर्कलह का निवारण करने के लिए और हणों तथा शकों से प्रायः मुठभेड़ रहने के कारण इन्हें मगध और कोशल छोड़ना पड़ा।

कालिदास के संबंध में भी राजशेखर का एक श्लोक जल्हण की 'सूक्ति मुक्तावली' और हरिकवि की 'सुभाषितावली' में मिलता है–

"एकोपि जीयते हंत कालिदासो न केनचित्
श्रृङ्गारे ललितोद्गारे कालिदासत्रयी किमु"

एकादश शताब्दी में उत्पन्न हुए, राजशेखर की इस उक्ति से यह प्रकट होता है कि उस शताब्दी तक तीन कालिदास हो चुके थे। परन्तु वर्तमान आलोचकों का मत है कि कालिदास दो तो अवश्य हुए हैं एक 'रघुवंश', 'शाकुन्तल' आदि के कर्त्ता, और दूसरे 'नलोदय' तथा 'पुष्पवाण-विलास' आदि के रचयिता।

यह विभाग साहित्यिक महत्त्व की दृष्टि से किया गया है। शृंगार-तिलक जैसे साधारण ग्रन्थों को महाकवि कालिदास की कृति वे लोग नहीं मानना चाहते, इसलिए एक छोटे कालिदास को मान लेना पड़ा। बड़े कालिदास के लिए कुछ समीचीन समालोचकों का मत है कि ये 'शाकुन्तल' और 'रघुवंश' के कर्त्ता, चन्द्रगुप्त द्वितीय विक्रमादित्य के समय में हुए। इनका मत है कि "आसमुद्रक्षितीशानाम्", "इदंनवोत्थान मिवेन्दुमत्यै", "ज्योतिष्मतीचन्द्रमसैवरात्रीः" इत्यादि स्थानों में 'इन्दु' और 'चन्द्र' शब्दों से समुद्रगुप्त के वंशधर चन्द्रगुप्त द्वितीय की ओर कालिदास का संकेत है और इसलिए महाकवि कालिदास मगध के गुप्त सम्राट् चन्द्रगुप्त द्वितीय के राजकवि थे।

इधर परांजपे आदि विद्वानों का मत है कि कालिदास ने 'मालविकाग्निमित्र' में शुंगों के इतिहास का सूक्ष्म विवरण दिया है, जैसा कि उस काल में बहुत ही थोड़े समय के पीछे का कवि लिख सकता है। पटवर्धन और वैद्य महोदय कालिदास को 57 ई. पूर्व का जानते हैं। और भी कई विद्वान् उसके समर्थक हैं।

काव्यों में ज्योतिष सम्बन्धी जामित्र और होरा आदि ज्योतिष शास्त्र सम्बन्धी शब्दों को देखकर कुछ लोगों का अनुमान है कि 'रघुवंश' आदि के रचयिता कालिदास छठी शताब्दी में रहे होंगे। उनके नाम से प्रसिद्ध 'ज्योतिर्विदाभरण' ग्रन्थ की भी ज्योतिष सम्बन्धी गणनाओं के अनुसार, अनेक लोगों ने यह स्थिर किया है कि यह ग्रन्थ भी छठी शताब्दी का है; इसलिए इन ग्रन्थों के रचियता कालिदास छठी शताब्दी में उत्पन्न हुए और वे यशोधर्म्मदेव के सभासद थे। इस तरह महाकवि कालिदास के सम्बन्ध में तीन सिद्धान्त प्रचलित हैं–

1. 57 ई. पूर्व में मालव में कालिदास हुए।

2. ईसा के चौथे शतक में चन्द्रगुप्त द्वितीय मगध नरेश के समकालीन कालिदास थे।

3. मालव नरेश यशोधर्म्मदेव के सभासद थे।

'श्रृंगार तिलक' आदि ग्रन्थों के कर्ता कालिदास को प्रायः सब लोग इन महाकवि कालिदास से भिन्न और सबसे पीछे का–सम्भवतः नवम् या दशम् शताब्दी का मानते हैं। हम महाकवि कालिदास के सम्बन्ध में ही विवेचन करना चाहते हैं।

मालव के प्रथम विक्रमादित्य को लोग इसलिए नहीं मानते कि उनका कहीं ऐतिहासिक उल्लेख उन लोगों को नहीं मिला, और विक्रम-संवत् प्राचीन शिलालेखों में मालवगण के नाम प्रचलित हैं। परंतु ऊपर यह प्रमाणित किया गया है कि वास्तव में 57 ई० पूर्व में एक विक्रमादित्य हुए। इस मत को न मानने वाले विद्वानों ने विक्रमादित्य को 'चंद्रगुप्त द्वितीय' कहकर कालिदास का समय निर्धारित करने का प्रयत्न किया है। 'रघुवंश' में जिस संकेत से गुप्तवंशी सम्राटों का उल्लेख है, उसकी संगति इस प्रकार लगायी गयी। परंतु आश्चर्य की बात है कि चंद्रगुप्त का समय प्रमाणित करने के लिए जो अवतरण दिये गये हैं उनमें चंद्रगुप्त का तो स्पष्ट उल्लेख है नहीं, हां, कुमारगुप्त और स्कंदगुप्त का उल्लेख अधिक और स्पष्ट है। यदि वे सब संकेत भी गुप्तवंशियों के ही संबंध में मान लिए जायें, तो यह समझ में नहीं आता कि चंद्रगुप्त द्वितीय के समसामयिक कवि ने भावी राजाओं का वर्णन कैसे कर दिया, जबकि गुप्तवंश में उत्तराधिकार का नियम निश्चित नहीं था कि ज्येष्ठ पुत्र ही राज्य का अधिकारी हो? समुद्रगुप्त अपनी योग्यता से ही युवराज हुए और चंद्रगुप्त भी, तब रघुवंश में कुमार और उनके बाद स्कदगुप्त का वर्णन कैसे आया? चंद्रगुप्त के समय गुप्त साम्राज्य का यौवनकाल था, फिर अग्निवर्ण जैसे राजा का चरित्र दिखाकर 'रघुवंश' का अंत-चंद्रगुप्त के समसामयिक और उनकी सभा के कालिदास कैसे लिख सकते हैं? वास्तव में रघुवंश की-सी दशा गुप्तवंश की हुई। अग्निवर्ण के समान ही पिछले गुप्तवंशी विलासी और हीन वैभव हुए। तब यह मानना पड़ेगा कि गुप्तवंश का ह्रास भी कालिदास ने देखा था, और तब रघुवंश की रचना की थी।

ईसवी पूर्व पहली शताब्दी के कालिदास के लिए भी उधर प्रमाण मिलते हैं। इसलिए यह समस्या उलझती जा रही है, इसका मूल कारण है-एक ही कालिदास को काव्य और नाटकों का कर्त्ता मान लेना। हमारी सम्मति में काव्यकार कालिदास और नाटककार कालिदास भिन्न-भिन्न थे और नलोदय आदि के कर्त्ता कालिदास अंतिम और तीसरे थे। इस प्रकार जल्हण की 'कालिदास-त्रयी' का भी समर्थन हो जाता है। और, सब पक्षों के प्रमाणों की संगति भी लग जाती है। यद्यपि 'शाकुंतला' और 'रघुवंश' का श्रेय एक ही कालिदास को देने का संस्कार बहुत ही प्राचीन है। विश्व साहित्य के इन दो ग्रंथ-रत्नों का कर्ता एक कालिदास को न मानने से श्रद्धा बंट जाने का भय इसमें बाधक है। परंतु

पक्षपात और रूढ़ि को छोड़कर विचार करने से यह बात ठीक ही जंचेगी। हम ऊपर कह आये हैं कि कालिदास तीन हुए, परंतु जो लोग दो ही मानते हैं, वे ही बता सकते हैं कि प्रथम कालिदास तो महाकवि हुए और उन्होंने उत्तमोत्तम नाटक तथा काव्य बना डाले, अब वह कौन-सी बची हुई कृति है। जिस पर द्वितीय कवि को 'कालिदास' की उपाधि मिली? क्योंकि यह सहज ही अनुमान किया जा सकता है कि कालिदास की उपाधि 'कालिदास' थी, न कि उनका नाम कालिदास था। जैसी प्रायः किसी वर्तमान कवि को, उसकी शैली की उत्तमता देखकर किसी प्राचीन उत्तम कवि के नाम से संबोधित करने की प्रथा-सी हैं। अरस्तु! हम नाटककार कालिदास को प्रथम और ई. पूर्व का कालिदास मानते हैं। कारण–

1. नाटककार कालिदास ने गुप्तवंशीय किसी राजा का संकेत से भी उल्लेख अपने नाटकों में नहीं किया।

2. 'रघुवंश' आदि असुरों के उत्पात और उनसे देवताओं की रक्षा के वर्णन से भरा साहित्य है। नाटकों में उस तरह का विश्लेषण नहीं। काव्यकार कालिदास का समय हूणों के उत्पात और आतंक से पूर्ण था। नाटकों में इस भाव का विकास इसलिए नहीं है कि वह शकों के निकल जाने पर सुख-शांति का काल है। 'मालविकाग्निमित्र' में सिंधु-तट पर विदेशी यवनों का हराया जाना मिलता है। यवनों का राज्य उस समय उत्तरी भारत से उखड़ चुका था। 'शाकुन्तल' में हस्तिनापुर के सम्राट् 'वनपुष्प' मालाधारिणी यवनियों से सुरक्षित दिखायी देते हैं। यह संभवतः उस प्रथा का वर्णन है जो यवन सिल्यूकस-कन्या से चंद्रगुप्त का परिणय होने पर मौर्य और उसके बाद शुंग वंश में प्रचलित रही हो। यवनियों का व्यवहार क्रीतदासी और परिचारिकाओं के रूप में राजकुल में था। यह काल ईसवी पूर्व पहली शताब्दी में रहा होगा। नाटककार कालिदास 'मालविकाग्निमित्र' में राजसूय का स्मरण करने पर भी बौद्ध प्रभाव से मुक्त नहीं थे। क्योंकि शाकुन्तल में धीवर के मुख से कहलाया है–"पशुमारणकर्म्म दारुणोप्यनुकम्पा मृदुरेव श्रोत्रियः"–और भी–"सरस्वती श्रुतिर्महती न हीयताम्" इन शब्दों पर बौद्ध धर्म की छाप है। नाटककार ने अपने पूर्ववर्ती नाटककारों के जो नाम लिए हैं, उनमें सौमिल्ल और कविपुत्र के नाट्यरत्नों का पता नहीं। भास के नाटकों को चौथी शताब्दी ईसवी पूर्व माना गया है।

3. नाटककार ने 'मालविकाग्निमित्र' की कथा का जिस रूप में वर्णन किया है, वह उसके समय से बहुत पुरानी नहीं जान पड़ती। शुंगवंशियों के पतन-काल में विक्रमादित्य का मालवगण के राष्ट्रपति के रूप में अभ्युदय हुआ। उसी काल में कालिदास के होने से शुंगों की चर्चा बहुत ताजी-सी मालूम होती है।

4. 'जामित्र' और 'होरा' इत्यादि शब्द जिनका प्रचार भारत में ईसा की पांचवीं शताब्दी के समीप हुआ, नाटक में नहीं पाये जाते और 'शाकुंतल' की जिस प्रति का हम उल्लेख कर चुके हैं उसमें स्पष्टरूपेण विक्रमादित्य से गणराष्ट्र का संबंध सांकेतिक है और कालिदास का उस नाटक का स्वयं प्रयोग करना भी ध्वनित होता है। यह अभिनय 'साहसांक उपाधिकारी विक्रमादित्य नाम के मालव-गणपति की परिषद् में हुआ था। इसलिए नाटककार कालिदास ईसा पूर्व पहली शताब्दी के हैं।

5. नाटकों की प्राकृत में मगधी-प्रचूर प्राकृत का प्रयोग है। उस प्राकृत का प्रचार भारत में सैकड़ों वर्ष पीछे हुआ था? पांचवीं-छठी शताब्दी में महाराष्ट्री प्राकृत प्रारंभ हो गयी थी और उस काल के ग्रंथों में उसी का व्यवहार मिलता है। 'शाकुंतल आदि की प्राकृत में बहुत से प्राचीन प्रयोग मिलते हैं जिनका व्यवहार छठी शताब्दी में नहीं था।

इसलिए नाटककार कालिदास का होना, विक्रमादित्य प्रथम (मालवपति) के समय-ईसवी पूर्व पहली शताब्दी में ही निर्धारित किया जा सकता है।

काव्यकार कालिदास अनुमान से पांचवीं शताब्दी के उत्तरार्द्ध और छठी शताब्दी के पूर्वार्द्ध में जीवित थे। वे काश्मीर के थे, ऐसा लोगों का मत है। **'मेघदूत' में जो अलका का वर्णन है, वह काश्मीर-वियोग को वर्णन है।** यदि ये काश्मीर के न होते तो विल्हण को यह लिखने का साहस न होता।

"सहोदरा कंकुमकेसराणां सार्धन्तनूनं कविताविलासा।
न शारदादेशमपास्य हष्टस्तेषां यदन्यत्र मयाप्ररोहः ।।"

500 सौ वर्ष के प्राचीन 'पराक्रम वाहु चरित' में इसका उल्लेख है कि सिहल के राजकुमार धातुसेन (**कुमारदास**) से कालिदास की बड़ी मित्रता थी। उसने कालिदास को वहाँ बुलाया। (**महावंश के अनुसार इनका राज्य काल 511 से 524 ई० तक है**) यह राजा स्वयं अच्छा कवि था। 'जानकी हरण' इसका बनाया हुआ ग्रंथ है।।

"जानकी हरणं कर्तुं (रघुवंशे स्थिते) सति

(कविकुमारदासो) वा रावणो वा यदिक्षमः"

सोढ्ढल को बनायी हुई 'उदय-सुंदरी-कथा' में एक श्लोक है-

"ख्यातः कृती कोपि च कालिदासः शुद्धासुधास्वादुमती च यस्य

वाणीमिषाच्चण्ड मरीचिगोत्र सिन्धोः परम्पारमवाप कीर्त्तिः।

वभूवुरन्येपि कुमारदासः" इत्यादि ।

हमारा अनुमान है कि 'सिंधोः परंपार" में कालिदास और कुमारदास के संबंध की ध्वनि है।

'ज्योतिविदाभरण' को बहुत से लोग ईसवीय छठीं शताब्दी का बना हुआ मानते हैं और हम भी कहते हैं कि वह ईसवीय पांचवीं शताब्दी के अंत और छठी के प्रारंभ में होने वाले कालिदास की कृति है। नाटककार के पीछे भिन्न एक दूसरे कालिदास के होने का, और केवल काव्यकार का, उसमें एक स्पष्ट प्रमाण है।

"काव्यत्रयं सुमतिकृद्रघुवंश पूर्वं पूर्वं ततोननुकियच्छु तिकर्म्मवादः ।

ज्योतिर्विदाभरण कालविधानशास्त्रं श्री कालिदास कवियोहि ततोबभूव ।।"

इस श्लोक में छठी और पांचवीं शताब्दी के ज्योतिविदाभरणकार कालिदास अपने को केवल काव्यत्रयी का ही कर्ता मानते हैं, नाटकों का नाम नहीं लिया है। इसलिए यह दूसरे कालिदास नृपसखा कालिदास या दीपशिखा कालिदास कहिए–पांचवीं–छठी शताब्दी के कालिदास हैं। 'अस्तिकश्चिदाग् विशेषः' वाली किंवदंती भी यही सिद्ध करती है कि काव्यकार कालिदास नाटककार से भिन्न हुए। 'कालिदास' उनकी उपाधि हुई परंतु वास्तविक नाम क्या था?

'राजतरंगिणी' में एक 'विक्रमादित्य का वर्णन है, जिसने प्रसन्न होकर काश्मीर देश का राज्य 'मातृगुप्त' नाम के कवि को दे दिया। डॉक्टर भाउदा जी का मत है कि यह मातृगुप्त ही कालिदास है। मेरा अनुमान है कि मातृगुप्त कालिदास तो थे, परंतु द्वितीय और काव्यकर्ता कालिदास थे। प्रवरसेन मातगुप्त और विक्रमादित्य–ये परस्पर समकालीन व्यक्ति छठी शताब्दी के माने जाते हैं।

महाराष्ट्रीय भाषा का काव्य 'सेतुबंध' (**दह मुह बह**) प्रवरसेन के लिए कालिदास ने बनाया था। ऊपर हम यह कह आये हैं कि मातृगुप्त का वही समय है जो काश्मीर में प्रवरसेन का है। इसका नाम 'तुजीन' भी था। संभवतः इसी की सभा में रहकर कालिदास ने अपनी जन्मभूमि काश्मीर में यह अपनी पहली कृति बनायी, क्योंकि उस समय प्रकृति का प्रचार काश्मीर में अधिक था और यह वही प्राकृत है, जो उस समय समस्त भारतवर्ष में राष्ट्रभाषा के रूप में व्यवहृत थी, इसलिए इसका नाम महाराष्ट्री था।

कुछ लोगों का विचार है कि यह काव्य कालिदास का नहीं है क्योंकि पहले विष्णु की स्तुति के रूप में मंगलाचरण किया गया है, परंतु यह तर्क निस्सार है। कारण, 'रघुवंश' में विष्णु की स्तुति कालिदास ने की है। और 'सेतुबंध' में तो स्पष्ट रूप से लिखा है कि "इ अ सिरि पवर सेण विरइए कालिदास कए" जब यह काव्य प्रवरसेन के लिए बनाया गया तो यह आवश्यक है कि उनके आराध्य विष्णु की स्तुति की जाय। प्रवरसेन ने जयस्वामी नामक विष्णु की मूर्ति बनवायी थी। वस्तुतः कालिदास के लिए शिव और विष्णु में भेद नहीं था। जैसाकि हम ऊपर कह आये हैं। शाकुंतल के प्राकृत से 'सेतुबंध' - प्राकृत अत्यंत अर्वाचीन हैं, इसलिए उसे काव्यकार कालिदास का मान लेने में कोई आपत्ति नहीं है। कालिदास के संस्कृत काव्यों तथा इस महाराष्ट्री काव्य में कल्पना-शैली और भाव का भी साम्य है। कुछ उदाहरण लीजिए–

वेदेहि पश्यामलयाद्विभक्तंमत्सेतुनाफेनिलमम्बुराशिम्– (रघुवंश)

दीसई सेउ महा वह दोहाइअ पुत्व पच्छिम दिसा भाअम– (सेतुबंध)

छाया पथेनेव शरत्प्रसन्नमाकाशमाविष्कृत चारुतारम– (रघुवंश)

मलअसुवेलालग्गो पडिट्ठिओ णहणि हम्मिसागर सलिले– (सेतुबंध)

रत्नच्छाया व्यतिकर इव प्रेक्ष्यमेतत्पुरस्तात– (मेघदूत)

णिअअच्छाआवइ अरसामलइअसाआरोअर जलद्धंतं– (सेतुबंध)

ऐसा जान पड़ता है कि किसी कारण से प्रवरसेन और मातृगुप्त (कालिदास) में अनबन हो गयी, और उसे राज्यसभा तथा काश्मीर को छोड़कर मालवा आना पड़ा। शास्त्री महोदय के उस मत का निराकरण किया जा चुका है। कि यशोधर्मदेव विक्रमादित्य नहीं

थे। फिर संभवतः इन्हें स्कंदगुप्त विक्रमादित्य का ही आश्रित मानना पड़ेगा। क्योंकि तुंजीन और तोरमाण के समय में काश्मीर आपस के विग्रह के कारण अरक्षित था। उज्जयिनी के विक्रमादित्य के लिए यह मिलता भी है कि उसने 'सकाश्मीरांसकोबेरी काष्ठाश्च करदीकृता'। यह स्कंदगुप्त विक्रमादित्य की ही वदान्यता थी कि काश्मीर विजय करके उसे मातृगुप्त को दान कर दिया।

चीनी यात्री हुएन्सांग ने लिखा है कि कुमारगुप्त की सभा में दिङ्नाग के दादागुरु मनोरथ को हराने में कालिदास की प्रतिभा ने काम किया था। कुमारगुप्त का समय 455 ई० तक है। किशोर मातृगुप्त ने कुमारगुप्त के समय में ही विद्या का परिचय दिया। मनोरथ के शिष्य बसुबंधु और उनका शिष्य (विङ्नाग) था, जिसने कालिदास के काव्यों की कड़ी आलोचना की थी। संभवतः उसी का प्रतिकार 'दिङ नागानां पथिपरिहरन् स्थूल हस्तावलेपान्' से किया गया है क्योंकि प्राचीन टीकाकार मल्लिनाथ भी इसको मानते हैं। दिङ नाग का गुरु वसुबंधु अयोध्या के विक्रमादित्य का सुहृद था। बौद्ध विद्वान परमार्थ ने उसकी जीवनी लिखी है। इधर वामन ने काव्यालंकार-सूत्र-वृत्ति के अधिकरण 3 अध्याय 2 में साभिप्रायत्व का उदाहरण देते हुए एक श्लोकार्थ उद्धृत किया है-

"सोऽयं सम्पति चन्द्रगुप्त तनयश्चंद्रप्रकाशो युवा

जातो भूपतिराश्रयः कृतधियां दिष्टया कृतार्थश्रमः"

"अश्रयः कृतधियामित्यस्य वसुबंधु साचिव्योपक्षेप परत्वात्साभिप्रायत्वम्"

यह अयोध्या के विक्रमादित्य चंद्रगुप्त[1] का तनय चंद्रप्रकाश युवा कुमारगुप्त। हो सकता है। वसूबंधु के गुरु मनोरथ का अंत और उसका सभा में पराजित होना स्वयं बौद्धों ने कालिदास के द्वारा माना है। इसी द्वेष से दिङ् नाग कालिदास का प्रतिद्वंद्वी बना। तब यह मान लेने में कोई भ्रम नहीं होता कि मातृगुप्त किशोरावस्था में कुमारगुप्त की सभा में थे। वही कालिदासस्कंदगुप्त विक्रमादित्य के सहचर थे, कुमारगुप्त का नामांकित एक काव्य भी-कुमारसंभव बनाया। यह बात तो अब बहुत-से विद्वान् मानने लगे हैं। कि कालिदास के काव्यों में गुप्तवंश का व्यंजना से वर्णन है। हुणों के उत्पात और उनसे रक्षा करने के वर्णन का पूर्ण आभास कुमारसंभव में है।

---

1. विक्रमादित्य इत्यासीद्राजा पाटलिपुत्र के (कथा सरितासागर)

यह द्वितीय चंद्रगुप्त विक्रमादित्य के लिए आया है। बौद्धों ने अयोध्या में इसकी राजधानी लिखा है। संभवतः मगध की साम्राज्य सीमा बढ़ने पर अयोध्या में सम्राट् कुछ दिनों के लिए रहने लगे हों, परंतु उज्जयिनी में इनका शासन होना किसी भी लेखक ने नहीं लिखा है। इनके पुत्र कुमार गुप्त ने 'महोदय' को विशेष आदर दिया, क्योंकि साम्राज्य धीरे-धीरे उत्तर-पश्चिम की ओर बढ़ रहा था। वस्तुतः उस समय राज्य को उत्तरोत्तर वृद्धि के साथ गुप्त सम्राट् लोग कुसुमपुर की प्रधानता रखते हुए सुविधानुसार अपने रहने का स्थान बदलते रहे हैं, क्योंकि उन्हें सैनिक केंद्रों का बराबर परिवर्तन करना पड़ता था।

स्कंदगुप्त के भितरी वाले शिलालेख में एक स्थान पर उल्लेख है–

"क्षितितलशयनीये येन नीता त्रियामा"

जो रघुवंश में भी मिलता है–

सललितकुसुमप्रबालश्थ्यां, ज्वलितमहौषधिदीपिकासनाथाम् ।
नरपति रतिवाहयां वभूव क्वचिद् समेतपरिच्छिद स्त्रियामाम् ।।

स्कंदगुप्त के शिलालेखों में जो पद्य रचना है, वह ऐसी ही प्रांजल है जैसी रघुवंश की–व्यपेत्य सर्वान्मनुजेन्द्र पुत्रान् लक्ष्मीः स्वयं यं वरयांचकार इत्यादि मे रघुवंश की–सी ही शैली दिखं पड़ती है। 'स्कंदेन साक्षादिव देवसेनाम्' इत्यादि में स्कंदगुप्त का स्पष्ट उल्लेख भी है और कुमार गुप्त के तो बहुत उल्लेख हैं। रघुवंश के 5, 6, 7 सर्गों में तो अज के लिए कुमार शब्द का प्रयोग कम से कम 11 बार है।

विक्रमादित्य के जीवन के संबंध में यह प्रसिद्ध है कि उनका अंतिम जीवन पराजय और दुखों से संबंध रखता है। वस्तुतः चंद्रगुप्त के जीवनकाल में साम्राज्य की वृद्धि के अतिरिक्त उसका ह्रास नहीं हुआ। यह स्कंदगुप्त के समय में ही हुआ कि उसे अनेक षड्यंत्रों, विपत्तियों तथा कष्टों का सामना करना पड़ा। जिस समय पुरगुप्त के अंतविद्रोह से मगध और अयोध्या छोड़कर स्कंदगुप्त विक्रमादित्य ने उज्जयिनी को अपनी राजधानी बनायी, और साम्राज्य का नया संगठन हो रहा था उसी समय मातृगुप्त को काश्मीर का शासक नियुक्त किया गया। यह समय ईसवीय सन् 450 से 500 के बीच पड़ता है। 467 ईसवीय में स्कंदगुप्त विक्रमादित्य का अंत हुआ। उसी समय मातृगुप्त (**कालिदास**) ने काश्मीर का राज्य स्वयं छोड़ दिया और काशी चले आये। अब बहुत–से लोग इस बात की शंका करेंगे कि कहाँ उज्जयिनी, कहाँ मगध, कहाँ काश्मीर फिर काशी, और सब के बाद सिंहल जाना यह बड़ा दूरान्वय संबंध है। परंतु उस काल में सिंहल और भारत में बड़ा संबंध था। महाराज समुद्रगुप्त के समय में सिहल के राजा मेघवर्ण ने उपहार भेजकर बोधगया में बिहार बनाने की प्रार्थना की थी; महावंश और समुद्रगुप्त के लेख में इसका संकेत है और महाबोधिविहार सिंहल के राजकुल की कीर्त्ति है। तब से सिहल के राजकुमार और राजकुल के भिक्षु इस विहार में बराबर आते रहते थे। बोधगया से लाया गया पटना म्यूजियम में एक शिलालेख है (नंबर 113); यह प्रमाण प्रख्यात कीर्त्ति का है– "लङ्काद्वीप नरेंद्राणां श्रवणः कुलजोभवत् । प्रख्यातकीर्त्ति धर्मात्मा स्वकुलांबर चन्द्रमा।" महानामन् के शिलालेख से इसकी पुष्टि होती है।

"संयुक्तागमिनो विशुद्धरजसः सत्वानुकम्पोद्यता
शिष्यायस्य सकृद्धिचेरुरतुलांलंकाचलोपत्यकां
तेभ्यः शीलगुणान्वितश्च शतशः शिष्याः प्रशिष्याः क्रमात्
जातास्तुंग नरेन्द्रवंश तिलकाः प्रोत्सृज्य राज्यश्रियम्"

जब राजकुल के श्रमण और राजपुत्र लोग यहाँ तीर्थ यात्रा के लिए बराबर आते थे, और संस्कृत कविता का प्रचार भी रहा तब उस काल के सर्वोच्च कवि की मैत्री की इच्छा होनी स्वाभाविक है। और उस नष्टाश्रय महाकवि के साथ मैत्री करने में अपने को धन्य समझने वाले कुमारदास की कथा में अविश्वास का कारण नहीं है। यदि स्कंदगुप्त विक्रमादित्य के मरने पर दुखी होकर राजमित्र के पास सिंहल जाना इनका ठीक है, तो यह कहना होगा कि 'मेघदूत' उसी समय का काव्य है और देवगिरि की स्कंदराज प्रतिमा उनकी आँखों से देखी हुई थी, जिनका वर्णन उन्होंने 'देवपूर्वगिरि ते' वाले श्लोक में किया है।

यदि 524 ईसवीय तक कालिदास का जीवित रहना ठीक है तो उन्होंने गुप्तवंश का ह्रास भी भली भांति देखा अथवा सुना होगा। रघुवंश में वैसा ही अंतिम पतनपूर्ण-वर्णन भी है।

कुमारदास का सिहल का राजा उसी काल में होना और सिहल में कालिदास के जाने की रूढि उस देश में माना जाना, उधर चीनी यात्री द्वारा वणित कालिदास का मनोरथ को हराना, दिङनाग और कालिदास का द्वंद्व, विक्रमादित्य और मातृगुप्त की कथा का 'राजतरंगिणी' में उसी काल का उल्लेख, हूण-राजकुल में सुंगयुन के अनुसार विग्रह; काश्मीर युद्ध की देखी हुई घटनायें सब बातें आकर एक सूत्र में ऐसी मिल जाती हैं कि दूसरे काव्यकार कालिदास की विक्रम-सखा, दीप शिखा कालिदास को मातृगुप्त मानने में कुछ भी संकोच नहीं होता। जैसा डॉक्टर भाऊदा जी का मत है।

विक्रमाङ्क के समान भोज के पिता सिंधुराज की पदवी साहसांक थी। पद्मगुप्त परिमल ने नवसाहसांक-चरित बनाया था। तंजौर वाली 'साहसांक-चरित' की प्रति में इनको भी कालिदास लिखा। बहुत संभव है कि यह तीसरे कालिदास बंगाल के हों, जैसाकि बंगाली लोग मानते हैं। ऋतुसंहार, पुष्पवाण विलास, शृंगार-तिलक और अश्वघाटी काव्यों के रचयिता संभवतः यही तीसरे कालिदास हो सकते हैं।

—जयशंकर प्रसाद

गुप्त राजवंश

श्री गुप्त- (ई० 275-300)

(कोई इसका नाम केवल 'गुप्त' लिखते हैं, 'श्री' सम्मान सूचक है)

|

घटोत्कच गुप्त- (ई० 300-320)

(इस नाम के साथ 'गुप्त' शब्द नहीं मिलता)

|

चंद्रगुप्त- (ई० 320-335)

(यही पहला स्वतंत्र गुप्तवंशी राजा हुआ। वैशाली के लिच्छिवियों के यहाँ इसका ब्याह हुआ)

|

समुद्रगुप्त- (ई० 335-385)

(गुप्तवंश का परम प्रतापी, भारत-विजेता सम्राट्र, राजसूय और अश्वमेध यज्ञ किया)

|

चंद्रगुप्त विक्रमादित्य- (ई० 385-413)

(पाटलिपुत्र का विक्रमादित्य, जिसे लोग चंद्रगुप्त द्वितीय विक्रमादित्य कहते हैं)।

|

कुमारगुप्त महेंद्रादित्य- (ई० 413-455)

(मालव-विजेता, आख्यायिकाओं के विक्रमादित्य का पिता महेंद्रादित्य)

|

स्कंदगुप्त विक्रमादित्य- (ई० 455-467)

(उज्जयिनी का द्वितीय विक्रमादित्य। महान वीर। इसके चाँदी के सिक्कों पर परम भागवत् श्री विक्रमादित्य स्कंदगुप्त अंकित है)

|

पुरगुप्त प्रकाशादित्य (ई. 467-469)

(इसके सोने के सिक्कों पर 'श्री विक्रमा' भी मिलता है। परंतु प्रकाशादित्य नाम वाले सिक्के भी इसी के हैं, जिन्हें उज्जयिनी में स्कंदगुप्त के शासनकाल में मगध में इसने स्वतंत्र रूप से ढलवाये, फिर स्कंदगुप्त के मरने पर उसकी उपाधि 'श्रीविक्रमा' भी ग्रहण कर ली होगी)

|

नरसिंहगुप्त बालादित्य- (ई. 469-473)

(यह प्रथम बालादित्य है, जिसे राजतरंगिणीकार ने भ्रम से विक्रमादित्य का भाई लिखा है। और, वह यशोधर्म का भी समकालीन नहीं था)

|

कुमारगुप्त विक्रमादित्य द्वितीय- (ई. 473-476)

(कई विद्वान् कुमार गुप्त को स्कंदगुप्त का उत्तराधिकारी मानते हैं। परंतु यह ठीक नहीं। भितरी के 'सील से यह स्पष्ट हो जाता है कि कुमारगुप्त द्वितीय पुरगुप्त का पुत्र था। सारनाथ वाले शिलालेख का कुमारगुप्त और भितरी के 'सील' का कुमार, दोनों एक ही व्यक्ति हैं, जिसका उत्तराधिकारी बुधगुप्त था जिसके राज्यकाल में मालव पर हूणों का अधिकार हुआ। मंदसोर के शिलालेख में जिस कुमारगुप्त का उल्लेख है, उस काल (493 वि.) में बंधुवर्मा का राज्य मालव पर था, उक्त 436 ई० में कुमारगुप्त प्रथम का राज्य था। और उसी शिलालेख में जो 529 वि. का उल्लेख है, वह उस मंदिर के जीर्णोद्धार का है- 'संस्कारितमिदंभूयः श्रेण्या भानुमतो गृहं'- से यह स्पष्ट है)

|

बुधगुप्त परादित्य- (ई. 478-494)

(इसके समय में मगध साम्राज्य के बड़े-बड़े प्रदेश अलग हुए। इसका राज्य केवल मगध अंग और काशी तक ही रह गया था)

|

तथागतगुप्त परमादित्य (ई. 494-510)

(जोन एलन के मतानुसार यहाँ घटोत्कच का नाम होना चाहिए। परंतु हेन्सांग ने लिखा है कि यशोधर्म के साथ मिहिर-कुल को हराने वाले बालादित्य के पिता का नाम तथागतगुप्त था। इससे हम भानुगुप्त के पिता का नाम तथागतगुप्त ही मानने को बाध्य होते हैं)

|

भानुगुप्त बालादित्य- (ई. 510-534)

जब हूणों से मालव का उद्धार यशोधर्म देव ने किया उस समय मगध को इसी बालादित्य ने बचाया। इसी की ओर से एरिकिण में गोपराज ने युद्ध किया। सारनाथ में इसी का लेख मिला है–तद्वंश सम्भवो बालादित्यो नृपः प्रीत्य प्रकटादित्ये (No 79 Plate XYIIIC)

|

वज्रगुप्त प्रकटादित्य- (ई. 534-540)

(प्रकटादित्य वज्रगुप्त की उपाधि है) इसी वज्रगुप्त के समय में मालव के शीलादित्य ने मगध छीन लिया तब से गुप्त वंश का प्रधान्य लुप्त हुआ।

मालव राजवंश

सिंह वर्मा

(समुद्रगुप्त का समकालीन)

|

चन्द्रवर्मा (पुष्करण-राज) नरवर्मा (मालव-राज)

(लंदहकींत के शिलालेख में वर्णित स्वतन्त्र नरेश)

विश्ववर्मा (मालव-राज)

|

बन्धुवर्मा का भाई-भीमवर्मा (सम्भवतः कौशाम्बी) का सामन्त राजा, स्कन्दगुप्त का (समसामयिक)

बन्धुवर्मा (मालव-राज) (गुप्त साम्राज्य के अधीन हुआ)

पात्र-परिचय

स्कन्दगुप्त	:	युवराज (विक्रमादित्य)
कुमारगुप्त	:	मगध का सम्राट्
गोविन्दगुप्त	:	कुमारगुप्त का भाई
पर्णदत्त	:	मगध का महानायक
चक्रपालित	:	पर्णदत्त का पुत्र
बन्धुवर्मा	:	मालव का राजा
भीमवर्मा	:	बन्धुवर्मा का भाई
मातृगुप्त	:	काव्यकर्त्ता कालिदास
प्रपंचबुद्धि	:	बौद्ध कापालिक
शर्वनाग	:	अन्तर्वेद का विषयपति
कुमारदास (धातुसेन)	:	सिंहल का राजकुमार
पुरगुप्त	:	कुमारगुप्त का छोटा पुत्र
भटार्क	:	नवीन महाबलाधिकृत
पृथ्वीसेन	:	मन्त्री कुमारामात्य
खिङ्गिङ्गल	:	हूण आक्रमणकारी
मुद्गल	:	विदूषक
प्रख्यातकीति	:	लंकाराज-कुल का श्रमण, महाबोधि-विहार-स्थिविर
		महाप्रतिहार, महादण्डनायक, नन्दीग्राम का दण्डनायक, प्रहरी, सैनिक इत्यादि ।
देवकी	:	कुमारगुप्त की बड़ी रानी-स्कन्द की माता
अनन्तदेवी	:	कुमारगुप्त की छोटी रानी-पुरगुप्त की माता
जयमाला	:	बन्धुवर्मा की स्त्री-मालव की रानी
देवसेना	:	बन्धुवर्मा की बहिन
विजया	:	मालव के धनकुबेर की कन्या
कमला	:	भटार्क की जननी
रामा	:	शर्वनाग की स्त्री
मालिनी	:	मातृगुप्त की प्रणयिनी सखी, दासी इत्यादि

प्रथम अंक

प्रथम दृश्य

(उज्जयिनी में गुप्त साम्राज्य का स्कन्धाबवार)

स्कन्दगुप्तः (*टहलते हुए*) अधिकार सुख कितना मादक और सारहीन है। अपने को नियामक और कर्त्ता समझने की बलवती स्पृहा उससे बेगार करती है! उत्सवों में परिचारक और अस्त्रों में ढाल से भी अधिकार-लोलुप मनुष्य क्या अच्छे हैं? (*ठहरकर*) उँह! जो कुछ हो, हम तो साम्राज्य के एक सैनिक हैं।

पर्णदत्तः (*प्रवेश करके*) युवराज की जय हो।

स्कन्दगुप्तः आर्य पर्णदत्त का स्वागत करता हूँ। सेनापति की क्या आज्ञा है?

पर्णदत्तः मेरी आज्ञा! युवराज! आप सम्राट के प्रतिनिधि हैं; मैं तो आज्ञाकारी सेवक हूँ। इस वृद्ध ने गरुड़ध्वज लेकर आर्य चन्द्रगुप्त की सेना का संचालन किया है। अब भी गुप्त-साम्राज्य की नासीर-सेना में उसी गरुड़ध्वज को छाया में पवित्र क्षात्रधर्म का पालन करते हुए उसी के मान के लिए मर-मिटूँ, यही कामना है। गुप्तकुलभूषण! आशीर्वाद दीजिए, वृद्ध पर्णदत्त की माता का स्तन्य लज्जित न हो।

स्कन्दगुप्तः आर्य ! आपकी वीरता की लेखमाला शिप्रा और सिन्धु की लोल-लहरियों से लिखी जाती है। शत्रु भी उस वीरता की सराहना करते हुए सुने जाते हैं। तब भी सन्देह !

पर्णदत्तः सन्देह दो बातों से है युवराज !

स्कन्दगुप्तः वे कौन-सी हैं?

पर्णदत्तः अपने अधिकारों के प्रति आपकी उदासीनता और अयोध्या में नित्य नए परिवर्तन ।

स्कन्दगुप्तः क्या अयोध्या का कोई नया समाचार है?

पर्णदत्तः सम्भवतः सम्राट तो कुसुमपुर चले गए हैं, और कुमारामात्य महाबलाधिकृत वीरसेन ने स्वर्ग की ओर प्रस्थान किया।

स्कन्दगुप्तः क्या! महाबलाधिकृत अब नहीं है? शोक !

पर्णदत्तः अनेक समरों के विजेता, महामानी, गुप्त-साम्राज्य के महाबलाधिकृत अब इस लोक में नहीं हैं। इधर प्रौढ़ सम्राट के विलास की मात्रा बढ़ गई है।

स्कन्दगुप्तः चिंता क्या! आर्य! अभी तो आप हैं, तब भी मैं ही सब विचारों का भार वहन करूँ, अधिकार का उपयोग करूँ! वह भी किसलिए?

पर्णदत्तः किसलिए? त्रस्त प्रजा की रक्षा के लिए, सतीत्व के सम्मान के लिए देवता, ब्राह्मण और गौ की मर्यादा में विश्वास के लिए, आतंक से प्रकृति को आश्वासन देने के लिए आपको अपने अधिकारों का उपयोग करना होगा। युवराज! इसीलिए मैंने कहा था कि आप अपने अधिकारों के प्रति उदासीन हैं, जिसकी मुझे बड़ी चिंता है। गुप्त-साम्राज्य के भावी शासक को अपने उत्तरदायित्व का ध्यान नहीं!

स्कन्दगुप्तः सेनापते! प्रकृतिस्थ होइए? परम भट्टारक महाराजाधिराज अश्वमेध-पराक्रम श्रीकुमारगुप्त महेन्द्रादित्य के सुशासित राज्य की सुपालित प्रजा को डरने का कारण नहीं है। गुप्त-सेना की मर्यादा की रक्षा के लिए पर्णदत्त सदृश महावीर अभी प्रस्तुत है।

पर्णदत्तः राष्ट्रनीति, दार्शनिकता और कल्पना का लोक नहीं है। इस कठोर प्रत्यक्षवाद की समस्या बड़ी कठिन होती है। गुप्त-साम्राज्य की उत्तरोत्तर वृद्धि के साथ उसका दायित्व भी बढ़ गया है; पर उस बोझ को उठाने के लिए गुप्तकुल के शासक प्रस्तुत नहीं, क्योंकि साम्राज्य-लक्ष्मी को वे अब अनायास और अवश्य अपनी शरण आनेवाली वस्तु समझने लगे हैं।

स्कन्दगुप्तः आर्य! इतना व्यंग्य न कीजिए, इसके कुछ प्रमाण भी हैं?

पर्णदत्तः प्रमाण! प्रमाण अभी खोजना है? आँधी आने के पहले आकाश जिस तरह स्तम्भित हो रहता है, बिजली गिरने से पूर्व जिस प्रकार नील कादम्बिनी का मनोहर आवरण महाशून्य पर चढ़ जाता है, क्या वैसी ही दशा गुप्त-साम्राज्य की नहीं है?

स्कन्दगुप्तः क्या पुष्यमित्रों के युद्ध को देखकर वृद्ध सेनापति चकित हो रहे हैं? *(हँसता है)*

पर्णदत्तः युवराज ! व्यंग्य न कीजिए। केवल पुष्यमित्रों के युद्ध से ही इतिश्री न समझिए, म्लेच्छों के भयानक आक्रमण के लिए भी प्रस्तुत रहना चाहिए। चरों ने आज ही कहा है कि कपिशा को श्वेत हूणों ने पदाक्रान्त कर लिया! तिस पर भी युवराज पूछते हैं कि 'अधिकारों का उपयोग किसलिए!' यही 'किसलिए' प्रत्यक्ष प्रमाण है कि गुप्तकुल के शासक इस साम्राज्य को 'गले-पड़ी' वस्तु समझने लगे हैं।

चक्रपालितः *(प्रवेश करते हुए)* अरे, युवराज भी यहीं हैं! युवराज की जय हो।

स्कन्दगुप्तः आओ चक्र ! आर्य पर्णदत्त ने मुझे घबरा दिया है।

चक्रपालितः पिताजी ! प्रणाम। कैसी बात है?

पर्णदत्तः कल्याण हो, आयुष्मन् ! तुम्हारे युवराज अपने अधिकारों से उदासीन हैं। वे पूछते हैं 'अधिकार किसलिए?'

चक्रपालितः तात! 'किसलिए' का अर्थ मैं समझाता हूँ।

पर्णदत्तः क्या ?

चक्रपालितः गुप्तकुल का अव्यवस्थित उत्तराधिकार-नियम !

स्कन्दगुप्तः चक्र, सावधान! तुम्हारे इन अनुमान का कुछ आधार भी है?

चक्रपालितः युवराज ! यह अनुमान नहीं है, यह प्रत्यक्ष-सिद्ध है।

पर्णदत्तः *(गंभीरता से)* चक्र ! यदि यह बात हो भी, तब भी तुमको ध्यान रखना चाहिए कि हम लोग साम्राज्य के सेवक हैं। असावधान बालक ! अपनी चंचलता को विषवृक्ष का बीज न बना देना।

स्कन्दगुप्तः आर्य्य पर्णदत्त, क्षमा कीजिए। हृदय की बातों को राजनीतिक भाषा में व्यक्त करना चक्र नहीं जानता।

पर्णदत्तः ठीक है, किन्तु उसे इतनी शीघ्रता नहीं करनी चाहिए। *(कुछ देखकर)* चर आ रहा है, युद्ध का कोई नया समाचार है क्या?

(चर का प्रवेश)

स्कन्दगुप्तः युवराज की जय हो !

पर्णदत्तः क्या समाचार है?

चरः अबकी बार पुष्यमित्रों का अन्तिम प्रयत्न है। वे अपनी समस्त शक्ति संकलित करके बढ़ रहे हैं! नासीर-सेना के नायक ने सहायता माँगी है। दशपुर से भी दूत आया है।

स्कन्दगुप्तः अच्छा, जाओ, उसे भेज दो।

(चर जाता है, दशपुर के दूत का प्रवेश)

दूतः युवराज भट्टारक की जय हो !

स्कन्दगुप्तः मालवपति सकुशल हैं?

दूतः कुशल आपके हाथ है। महाराज विश्ववर्मा का शरीरान्त हो गया है! नवीन नरेश महाराज बन्धुवर्मा ने साभिवादन श्रीचरणों में संदेश भेजा है।

स्कन्दगुप्तः खेद ! ऐसे समय में, जबकि हम लोगों को मालवपति से सहायता की आशा थी, वह स्वयं कौटुम्बिक आपत्तियों में फँस गए हैं!

दूतः इतना ही नहीं, शक-राष्ट्रमण्डल चंचल हो रहा है, नवागत म्लेच्छवाहिनी से सौराष्ट्र भी पदाक्रान्त हो चला है, इसी कारण पश्चिमी मालव भी अब सुरक्षित न रहा।

(स्कदगुप्त पर्णदत्त की ओर देखते हैं)

पर्णदत्तः वलभी का क्या समाचार है?

दूतः वलभी का पतन अभी रुका है। किंतु बर्बर हूणों से उसका बचना कठिन है। मालव की रक्षा के लिए महाराज बन्धुवर्मा ने सहायता माँगी है। दशपुर की समस्त सेना सीमा पर जा चुकी है।

स्कन्दगुप्तः मालव और शक-युद्ध में जो सन्धि गुप्त-साम्राज्य और मानवराष्ट्र में हुई है, उसके अनुसार मालव की रक्षा गुप्त-सेना का कर्त्तव्य है। महाराज विश्ववर्मा के समय से ही सम्राट् कुमारगुप्त उनके संरक्षक हैं। परन्तु दूत! बड़ी कठिन समस्या है।

दूतः विषम अवस्था होने पर भी युवराज! साम्राज्य ने संरक्षकता का भार लिया है।

पर्णदत्तः दूत ! क्या तुम्हें विदित नहीं है कि पुष्यमित्रों से हमारा युद्ध चल रहा है?

दूतः तब भी मालव ने कुछ समझकर, किसी आशा पर ही, अपनी स्वतन्त्रता को सीमित कर लिया था।

स्कन्दगुप्तः दूत ! केवल संधि-नियम ही से हम लोग बाध्य नहीं हैं, किंतु शरणागत-रक्षा भी क्षत्रिय का धर्म है। तुम विश्राम करो। सेनापति पर्णदत्त समस्त सेना लेकर पुष्यमित्रों की गति रोकेंगे। अकेला स्कन्दगुप्त मालव की रक्षा करने के लिए सन्नद्ध है। जाओ, निर्भय निद्रा का सुख लो। स्कन्दगुप्त के जीते-जी मालव का कुछ न बिगड़ सकेगा।

दूतः धन्य युवराज ! आर्य-साम्राज्य के भावी शासक के उपयुक्त ही यह बात है। (*प्रणाम करके जाता है*)

पर्णदत्तः युवराज! आज यह वृद्ध, हृदय से प्रसन्न हुआ। और गुप्त-साम्राज्य की लक्ष्मी भी प्रसन्न होंगी।

चक्रपालितः तात! पुष्यमित्र-युद्ध का अन्त तो समीप है। विजय निश्चित है। किसी दूसरे सैनिक को भेजिए। मुझे युवराज के साथ जाने की अनुमति हो।

स्कन्दगुप्तः नहीं चक्र, तुम विजयी होकर मुझसे मालव में मिलो। ध्यान रखना होगा कि राजधानी से अभी कोई सहायता नहीं मिलती। हम लोगों को इस आसन्न विषद् में अपना ही भरोसा है।

पर्णदत्तः कुछ चिंता नहीं युवराज ! भगवान् सब मंगल करेंगे। चलिए, विराम करें।

(*निष्क्रमण/दृश्यान्तर*)

द्वितीय दृश्य

(*कुसुमपुर के राज-मंदिर में सम्राट् कुमारगुप्त और उनकी परिषद्*)

धातुसेनः परक भट्टारक् ! आपने भी स्वयं इतने विकट युद्ध किए हैं। मैंने तो समझा था, राजसिंहासन पर बैठे-बैठे राजदण्ड हिला देने से ही इतना बड़ा गुप्त-साम्राज्य स्थापित हो गया था, परन्तु –

कुमारगुप्तः (*हँसते हुए*) तुम्हारी लंका में अब राक्षस नहीं बसते ? क्यों धातुसेन?

धातुसेनः यदि राक्षस कोई था तो विभीषण था, और बंदरों में भी एक सुग्रीव हो गया। दक्षिणापथ आज भी उनकी करनी का फल भोग रहा है। परंतु हाँ, एक आश्चर्य की बात है कि महामान्य परमेश्वर परम भट्टारक को भी युद्ध करना पड़ा। रामचन्द्र ने तो, सुना था, जब वे युवराज भी न थे तभी युद्ध किया था। सम्राट् होने पर भी युद्ध !

कुमारगुप्तः युद्ध तो करना ही पड़ता है। अपनी सत्ता बनाए रखने के लिए यह आवश्यक है।

धातुसेनः अच्छा, तो स्वर्गीय आर्य समुद्रगुप्त ने देवपुत्रों तक का राज्य विजय किया था, सो उनके लिए परम आवश्यक था! क्या पाटिलपुत्र के समीप ही वह राष्ट्र था।

कुमारगुप्तः तुम भी बालि की सेना में से बचे हुए हो !

धातुसेनः परम भट्टारक की जय हो! बालि की सेना न थी, और वह युद्ध न था। जब उसमें लड्डू खाने वाले सुग्रीव निकल पड़े, तब फिर-

कुमारगुप्तः क्यों?

धातुसेनः उनकी बड़ी सुंदर ग्रीवा में लड्डू अत्यंत सुशोभित होता था, और सबसे बड़ी बात तो थी बालि के लिए उनकी तारा का मंत्रित्व। सुना है सम्राट् ! स्त्री की मंत्रणा बड़ी अनुकूल और उपयोगी होती है, इसीलिए उन्हें राज्य के झंझटों से शीघ्र ही छुट्टी मिल गई। परम भट्टारक की दुहाई! एक स्त्री को मंत्री आप भी बना लें, बड़े-बड़े दाढ़ी-मूंछ वाले मंत्रियों के बदले उसकी एकांत मंत्रणा कल्याणकारिणी होगी।

कुमारगुप्तः (*हँसते हुए*) लेकिन पृथ्वीसेन तो मानते ही नहीं।

धातुसेनः तब मेरी सम्मति से वे ही कुछ दिनों के लिए स्त्री हो जाएँ; क्यों कुमारामात्यजी ?

पृथ्वीसेनः पर तुम तो स्त्री नहीं हो जो मैं तुम्हारी सम्मति मान लूँ?

कुमारगुप्तः (*हँसता हुआ*) हाँ, तो आर्य समुद्रगुप्त को विवश होकर उन विद्रोही विदेशियों का दमन करना पड़ा; क्योंकि मौर्य साम्राज्य के समय से ही सिंधु के उस पार का देश भी भारत-साम्राज्य के अंतर्गत था। जगद्विजेता सिकंदर के सेनापति सिल्यूकस से उस प्रांत को मौर्य-सम्राट् चंद्रगुप्त ने लिया था।

धातुसेनः फिर तो लड़कर ले लेने की एक परंपरा-सी लग जाती है। उनसे उन्होंने, उन्होंने उनसे ऐसे ही लेते चले आए हैं। उसी प्रकार आर्य !

कुमारगुप्तः उँह! तुम समझते नहीं। मनु ने इसकी व्यवस्था दी है।

धातुसेनः नहीं धर्मावतार! समझ में तो इतनी बात आ गई कि लड़कर ले लेना ही एक प्रधान स्वत्व है। संसार में इसी का बोलबाला है।

भटार्कः नहीं तो क्या रोने से, भीख माँगने से कुछ अधिकार मिलता है? जिसके हाथों में बल नहीं, उसका अधिकार ही कैसा? और यदि माँगकर मिल जाय, तो शांति की रक्षा कौन करेगा?

मुद्गलः (*प्रवेश करके*) रक्षा पेट कर लेगा, कोई दे भी तो। अक्षय तूणीर, अक्षय कवच सब लोगों ने सुना होगा; परंतु इस अक्षय मंजूषा का हाल मेरे सिवा कोई नहीं जानता! इसके भीतर कुछ रखकर देखो, मैं कैसी शांति से बैठा रहता हूँ?

(*पद्मासन से बैठ जाता है*)

पृथ्वीसेनः परम भट्टारक की जय हो। मुझे कुछ निवेदन करना है-यदि आज्ञा हो तो।

कुमारगुप्तः हाँ, हाँ कहिए।

पृथ्वीसेनः शिप्रा के इस पार साम्राज्य का स्कंधावार स्थापित है। मालवेश का दूत भी आ गया है कि 'हम ससैन्य युवराज के सहायतार्थ प्रस्मतुत हैं।' महानायक पर्णदत्त ने भी अनुकूल समाचार भेजा है।

कुमारगुप्तः मालव का इस अभियान से कैसा भाव है, कुछ पता चला! क्योंकि यह युद्ध तो जानबूझ कर छेड़ा गया है।

पृथ्वीसेनः अपने मुख से मालवेश ने दूत से यहाँ तक कहा था कि युवराज को कष्ट देने की क्या आवश्यकता थी, आज्ञा पाने ही से मैं स्वयं इसे ठीक कर लेता।

कुमारगुप्तः महासंधि-विग्रहिक ! साधु ! यह वंश-परंपरागत तुम्हारी ही विद्या है।

पृथ्वीसेनः सम्राट के श्रीचरणों का प्रताप है। सौराष्ट्र से भी नवीन समाचार मिलने वाला है। इसलिए युवराज को ही वहाँ भेजने का मेरा अनुरोध था।

भटार्कः सौराष्ट्र की गतिविधि देखने के लिए एक रणदक्ष सेनापति की आवश्यक है। वहाँ शक राष्ट्र बड़ा चंचल अथच भयानक है।

पृथ्वीसेनः *(गूढ़दृष्टि से देखते हुए)* महाबलाधिकृत ! आवश्यकता होने पर आपको वहाँ जाना ही होगा, उत्कण्ठा की आवश्यकता नहीं।

भटार्कः नहीं, मैं तो...

कुमारगुप्तः महाबलाधिकृत ! तुम्हारी स्मरणीय सेवा स्वीकृत होगी। अभी आवश्यकता नहीं।

धातुसेनः *(हाथ जोड़कर)* यदि दक्षिणापथ पर आक्रमण का आयोजन हो तो मुझे आज्ञा मिले। मेरा घर पास है, मैं जाकर स्वच्छंदतापूर्वक लेटा रहूँगा, सेना को भी कष्ट न होने पावेगा।

(सब हँसते हैं)

मुद्गलः जय हो देव! पाकशाला पर चढ़ाई करनी हो तो मुझे आज्ञा मिले। मैं अभी उसका सर्वस्वान्त कर डालूँ।

(फिर सब हँसते हैं। गम्भीर भाव से अभिवादन करते हुए : एक ओर पृथ्वीसेन और दूसरी ओर भटार्क का प्रस्थान)

कुमारगुप्तः मुद्गल ! तुम्हारा कुछ...

मुद्गलः महादेवी ने प्रार्थना की है कि युवराज भट्टारक की कल्याण-कामना के लिए चक्रपाणि भगवान् की पूजा की सामग्री प्रस्तुत है। आर्यपुत्र कब चलेंगे?

कुमारगुप्तः *(मुँह बनाकर)* आज तो कुछ पारसीक नर्तकियाँ आने वाली हैं, आपानक भी है! महादेवी से यह कह देना, असन्तुष्ट न हों, कल चलूँगा समझा, न मुद्गल ।

मुद्गलः *(खड़ा होकर)* परमेश्वर परम भट्टारक की जय हो।

(जाता है)

धातुसेनः वह चाणक्य कुछ भाँग पीता था। उसने लिखा है कि राजपुत्र भेड़िए हैं, इनसे पिता को सदैव सावधान रहना चाहिए।

कुमारगुप्तः यह राष्ट्रनीति है।

(अनन्तदेवी का चुपचाप प्रवेश)

धातुसेनः भूल गया। उसके बदले उस ब्राह्मण को लिखना था कि राजा लोग ब्याह ही न करें, क्यों भेड़ियों-सी सन्तान उत्पन्न हों।

अनन्तदेवीः *(सामने आकर)* आर्यपुत्र की जय हो !

(धातुसेन भयभीत होने का-सा मुँह बनाकर चुप हो जाता है)

कुमारगुप्तः आओ प्रिये! तुम्हें खोज ही रहा था।

अनन्तदेवीः नर्तकियों को बुलवाती आ रही हूँ। कुमारामात्य आदि थे, मन्त्रणा में बाधा समझकर, जानबूझकर देर लगाई। आपको तो देखती हूँ कि अवकाश ही नहीं।

(धातुसेन की ओर क्रुद्ध होकर देखती है)

कुमारगुप्तः वह अबोध विदेशी हँसोड़ है।

अनन्तदेवीः तब भी सीमा होनी चाहिए।

धातुसेनः चाणक्य का नाम ही कौटिल्य है। उनके सूत्रों की व्याख्या करने जाकर ही यह फल मिला है। क्षमा मिले तो एक बात और पूछ लूँ, क्योंकि फिर इस विषय का प्रश्न न करूँगा।

अनन्तदेवीः पूछ लो।

धातुसेनः उसके अनर्थशास्त्र में विषकन्या का...

कुमारगुप्तः *(डाँटकर)* चुप रहो।

(नर्तकियों का गाते हुए प्रवेश)

न छेड़ना उस अतीत स्मृति से
खिंचे हुए बीन-तार कोकिल
करुण रागिनी तड़प उठेगी
सुना न ऐसी पुकार कोकिल ।

हृदय धूल में मिला दिया है
उसे चरण-चिह्न-सा किया है
खिले फूल सब गिरा दिया है
न अब बसन्ती बहार कोकिल

सुनी बहुत आनन्द-भैरवी
विगत हो चुकी निशा-माधवी
रही न अब शारदी केरवी
न तो मघा की फुहार कोकिल ।

न खोज पागल मधुर प्रेम को
न तोड़ना और के नेम को
बचा विरह मौन के क्षेम को
कुचाल अपनी सुधार कोकिल ।

(दृश्यान्तर)

तृतीय दृश्य

(पथ में मातृगुप्त)

मातृगुप्तः कविता करना अनन्त पुण्य का फल है। इस दुराशा और अनन्त उत्कण्ठा से कवि-जीवन व्यतीत करने की इच्छा हुई। संसार के समस्त अभावों को असन्तोष कहकर हृदय को धोखा देता रहा। परन्तु कैसी विडम्बना ! लक्ष्मी के लालों का भ्रू-भंग और क्षोभ की ज्वाला के अतिरिक्त मिला क्या? एक काल्पनिक प्रशंसनीय जीवन, जो कि दूसरों की दया में अपना अस्तित्व रखता है! सञ्चित हृदय-कोश के अमूल्य रत्नों की उदारता, और दारिद्र्य का व्यंग्यात्मक कठोर अट्टहास, दोनों की विषमता की कौन-सी व्यवस्था होगी। मनोरथ को-भारत के प्रकाण्ड बौद्ध पण्डित को परास्त करने में मैं सबकी प्रशंसा का भाजन बना। परंतु हुआ क्या?

(*मुद्गल का प्रवेश*)

मुद्गलः कहिए कवि जी! आप तो बहुत दिनों पर दिखाई पड़े ! कुलपति की कृपा से कहीं अध्यापन-कार्य मिल गया क्या?

मातृगुप्तः अभी तो यों ही बैठा हूँ।

मुद्गलः क्या बैठे-बैठे काम चल जाता है? तब तो भाई, तुम बड़े भाग्यवान हो। कविता करते हो न? भाई! उसे छोड़ दो।

मातृगुप्तः क्यों? वही तो मेरे मूर्ख हृदय का आहार है! कवित्व-वर्णमय चित्र है, जो स्वर्गीय भावपूर्ण संगीत गाया करता है। अंधकार का आलोक से, असत् का सत् से, जड़ का चेतन से, और बाह्य जगत् का अन्तर्जगत् से संबंध कौन कराती है? कविता ही न!

मुद्गलः परन्तु हाथ का मुख से, पेट का अन्न से, और आँखों का निद्रा से भी सम्बन्ध होता है कि नहीं? इसको भी कभी सोचा-विचारा है?

मातृगुप्तः संसार में क्या इतनी ही वस्तुएँ विचारने की हैं? पशु भी इनकी चिन्ता कर लेते होंगे।

मुद्गलः और मनुष्य पशु नहीं है, क्योंकि उसे बातें बनाना आता है-अपनी मूर्खताओं को छिपाना, पापों पर बुद्धिमानी का आवरण चढ़ाना आता है! और वाग्जाल की फाँस उसके पास है। अपनी घोर आवश्यकताओं में कृत्रिमता बढ़ाकर, सभ्य और पशु से कुछ ऊँचा द्विपद मनुष्य, पशु बनने से बच जाता है।

मातृगुप्तः होगा, तुम्हारा तात्पर्य क्या है?

मुद्गलः स्वप्नमय जीवन छोड़कर विचारपूर्ण वास्तविक स्थिति में आओ। ब्राह्मण-कुमार हो, इसीलिए दया आती है।

मातृगुप्तः क्या करूँ?

मुद्गलः मैं दो-चार दिन में अवन्ती जाने वाला हूँ; युवराज भट्टारक के पास तुम्हें रखवा दूँगा। अच्छी वृत्ति मिलने लग जाएगी। है स्वीकार ?

मातृगुप्तः पर तुम्हें मेरे ऊपर इतनी दया क्यों?

मुद्गलः तुम्हारी बुद्धिमत्ता देखकर मैं प्रसन्न हुआ हूँ। उसी दिन से मैं खोजता था। तुम जानते हो कि राजकृपा का अधिकारी होने के लिए समय की आवश्यकता है। बड़े लोगों की एक दृढ धारणा होती है कि "अभी टकराने दो; ऐसे बहुत आया-जाया करते हैं।"

मातृगुप्तः तब तो बड़ी कृपा है। मैं अवश्य चलूँगा। काश्मीरमण्डल में हूणों का आतंक है, शास्त्र और संस्कृत-विद्या को कोई पूछने वाला नहीं। म्लेच्छाकांत देश छोड़कर राजधानी में चला आया था। अब आप ही मेरे पथ-प्रदर्शक हैं।

मुद्गलः अच्छा तो मैं जाता हूँ, शीघ्र ही मिलूँगा, तुम चलने के लिए प्रस्तुत रहना।

(जाता है)

मातृगुप्तः काश्मीर! जन्मभूमि !! जिसकी धूलि में लोटकर खड़े होना सीखा, जिसमें खेल-खेलकर शिक्षा प्राप्त की, जिसमें जीवन के परमाणु संगठित हुए थे वही छूट गया। और बिखर गया एक मनोहर स्वप्न, आह! वही जो मेरे इस जीवन-पथ का पाथेय रहा!
प्रिय !

संसृति के वे सुन्दरतम क्षण यों ही भूल नहीं जाना।
वह उच्छृंखलता थी अपनी' -कहकर मन मत बहलाना।
मादकता-सी तरल हँसी के प्याले में उठती लहरी।
मेरे निश्वासों से उठकर अधर चूमने को ठहरी।
मैं व्याकुल परिरम्भ-मुकुल में बंदी अलि-सा काँप रहा।
छलक उठा प्याला, लहरी में मेरे सुख को माप रहा।
सजग सुप्त सौंदर्य हुआ, हो चपल चलीं भौहें मिलने ।
लीन हो गई लहर, लगे मेरे ही नख छाती छिलने।
श्यामा का नखदान मनोहर मुक्ताओं से ग्रथित रहा।
जीवन के उस पार उड़ाता हँसी, खड़ा मैं चकित रहा।
तुम अपनी निष्ठुर क्रीड़ा के विभ्रम से, बहकाने से।

सुखी हुए, फिर लगे देखने मुझे पथिक पहचाने-से।

उस मुख का आलिंगन करने कभी भूलकर आ जाना।

मिलन-क्षितिज-तट मधु-जलनिधि में मृदु हिलकोर उठा जाना।

कुमारदासः (*प्रवेश करके*) साधु!

मातृगुप्तः (*अपनी भावनाओं में तल्लीन, जैसे किसी को न देख रहा हो*) अमृत के सरोवर में स्वर्ण-कमल खिल रहा था, भ्रमर वंशी बजा रहा था, सौरभ और पराग की चहल-पहल थी। सवेरे सूर्य की किरणें उसे चूमने को लौटती थीं, सन्ध्या में शीतल चाँदनी उसे अपनी चादर से ढँक देती थी। उस मधुर सौंदर्य, उस अतीन्द्रिय जगत् की साकार कल्पना की ओर से मैंने हाथ बढ़ाया था, वहीं स्वप्न टूट गया!

कुमारदासः समझ में न आया, सिंहल में और काश्मीर में क्या भेद है। तुम गौरवपूर्ण हो, लम्बे हो, खिंची हुई भौहें; सब होने पर भी सिंहलियों की घुँघराली लटें, उज्ज्वल श्याम शरीर क्या स्वप्न में भी देखने की वस्तु नहीं?

मातृगुप्तः (*कुमारदास को जैसे सहसा देखकर*) पृथ्वी की समस्त ज्वाला को जहाँ प्रकृति ने अपने तुषार के अंचल से ढंक दिया है, उस हिमालय को–

कुमारदासः और बड़वानल को अनन्त जलराशि से सन्तुष्ट कर रहा है, उस रत्नाकर को–अच्छा जाने दो, रत्नाकर नीचा है, गहरा है। हिमालय ऊँचा है, गर्व से सिर उठाए है, तब जय हो काश्मीर की। हाँ, उस हिमालय को...

मातृगुप्तः उस हिमालय के ऊपर प्रभात-सूर्य की सुनहरी प्रभा से आलोकित हिम का पीले पोखराज का-सा एक महल था। उसी से नवनीत की पुतली झाँककर विश्व को देखती थी। वह हिम की शीतलता से सुसंगठित थी। सुनहरी किरणों को जलन हुई। तप्त होकर महल को

गला दिया। पुतली ! उसका मंगल हो, हमारे अश्रु की शीतलता उसे सुरक्षित रखे। कल्पना की भाषा के पंख गिर जाते हैं, मौन-नीड़ में निवास करने दो। छेड़ो मत मित्र !

कुमारदासः तुम विद्वान् हो सुकवि हो, तुमको इतना मोह?

मातृगुप्तः यदि यह विश्व इन्द्रजाल ही है, तो उस इन्द्रजाली की अनन्त इच्छा को पूर्ण करने का साधन–यह मधुर मोह चिरजीवी हो और अभिलाषा से मचलने वाले भूखे हृदय को आहार मिले।

कुमारदासः मित्र ! तुम्हारी कोमल कल्पना, वाणी में झनकर उत्पन्न करेगी। तुम सचेष्ट बनो, प्रतिभाशाली हो। तुम्हारा भविष्य बड़ा उज्ज्वल है।

मातृगुप्तः उसकी चिन्ता नहीं। दैन्य जीवन के प्रचण्ड आतप में सुन्दर स्नेह मेरी छाया बने! झुलसा हुआ जीवन धन्य हो जाएगा।

कुमारदासः मित्र ! इन थोड़े दिनों का परिचय मुझे आजीवन स्मरण रहेगा। अब तो मैं सिंहल जाता हूँ–देश की पुकार है। इसलिए मैं स्वप्नों का देश 'भव्य-भारत' छोड़ता हूँ। कविवर ! इस क्षीण परिचय कुमार धातुसेन को भूलना मत-कभी आना।

मातृगुप्तः सम्राट् कुमारगुप्त के सहचर, विनोदशील कुमारदास ! तुम क्या कुमारदास धातुसेन हो ?

कुमारदासः हाँ मित्र, लंका का युवराज। हमारा एक मित्र, एक बाल-सहचर प्रख्यातकीर्ति, महाबोधि-विचार का श्रवण है। उसे और गुप्त-साम्राज्य का वैभव देखने पर्यटक के रूप में भारत चला आया था। गौतम के पद-रज से पवित्र भूमि को खूब देखा दर्प से उद्यत गुप्त-साम्राज्य के तीसरे पहर का सूर्य। आर्य-अभ्युत्थान का यह स्मरणीय युग है। मित्र, परिवर्तन उपस्थित है।

मातृगुप्तः सम्राट् कुमारगुप्त के साम्राज्य में परिवर्तन !

धातुसेनः सरल युवक! इस गतिशील जगत् में परिवर्तन पर आश्चर्य? परिवर्तन रुका कि महापरिवर्तन–प्रलय–हुआ! परिवर्तन ही सृष्टि है, जीवन है। स्थिर होना मृत्यु है, निश्चेष्ट-शांति मरण है। प्रकृति क्रियाशील है,

समय पुरुष और स्त्री की गेंद लेकर दोनों हाथ से खेलता है। पुल्लिंग और स्त्रीलिंग की समष्टि अभिव्यक्ति की कुंजी है। पुरुष उछाल दिया जाता है, उत्क्षेपण होता है। स्त्री आकर्षण करती है। यही जड़ प्रकृति का चेतन रहस्य है।

मातृगुप्तः निस्संदेह ! अनन्तदेवी के इंगित पर कुमारगुप्त नाच रहे हैं। अद्भुत पहेली है?

धातुसेनः पहेली! यह भी रहस्य ही है। पुरुष है कुतूहल और प्रश्न; और स्त्री है विश्लेषण, उत्तर और सब बातों का समाधान। पुरुष के प्रत्येक प्रश्न का उत्तर देने के लिए वह प्रस्तुत है। उसके कुतूहल–उसके अभावों को परिपूर्ण करने का उष्ण प्रयत्न और शीतल उपचार ! अभागा मनुष्य सन्तुष्ट है-बच्चों के समान। पुरुष ने कहा–'क' स्त्री ने अर्थ लगा दिया–'कौआ'। बस, वह रटने लगा। विषय-विह्वल वृद्ध सम्राट तरुणी की आकांक्षाओं के साधन बन रहे हैं। काले मेघ क्षितिज में एकत्र हैं। शीघ्र ही अन्धकार होगा। परंतु आशा का केन्द्र–ध्रुवतारा–एक युवराज 'स्कन्द' है। निर्मल शून्य आकाश में शीघ्र ही अनेक वर्ण के मेघ रंग भरेंगे। विकट अभिनय का आरम्भ होने वाला है। तुम भी सम्भवतः उसके अभिनेताओं में से एक होगे। सावधान! सिंहल तुम्हारे लिए प्रस्तुत है।

(प्रस्थान)

मातृगुप्तः विचक्षण ! उदार कुमार !

(प्रस्थान : दृश्यान्तर)

चतुर्थ दृश्य

(अनन्तदेवी का सुसज्जित प्रकोष्ठ)

अनन्तदेवीः जया! रात्रि का द्वितीय पहर तो व्यतीत हो रहा है, अभी भटार्क के आने का समय नहीं हुआ?

जयाः स्वामिनी! आप बड़ा भयानक खेल खेल रही हैं।

अनन्तदेवीः क्षुद्र हृदय-जो चूहे के शब्द से भी शंकित होते हैं, जो अपनी साँस से ही चौंक उठते हैं; उनके लिए उन्नति का कण्टकित मार्ग नहीं है। महत्त्वाकांक्षा का दुर्गम स्वर्ग उनके लिए स्वप्न हैं।

जयाः परन्तु राजकीय अन्तःपुर की मर्यादा बड़ी कठोर अथच फूल से कोमल है।

अनन्तदेवीः अपनी नियति का पथ मैं अपने पैरों चलूँगी, अपनी शिक्षा रहने दे।

(जया कपाट के समीप कान लगाती है, संकेत होता है, गुप्तद्वार खुलते ही भटार्क सामने उपस्थित होता है)

भटार्कः महादेवी की जय हो!

अनन्तदेवीः परिहास न करो मगध के महाबलाधिकृत ! देवकी के रहते किस साहस से तुम मुझे महादेवी कहते हो?

भटार्कः हमारा हृदय कह रहा है, और आए दिन साम्राज्य की जनता, प्रजा सभी कहेगी।

अनन्तदेवीः मुझे विश्वास नहीं होता।

भटार्कः महादेवी! कल सम्राट् के समक्ष जो विद्रूप और व्यंग्यबाण मुझ पर बरसाए गए हैं, वे अन्तस्तल में गड़े हुए हैं। उनको निकालने का प्रयत्न नहीं करूँगा, वे ही भावी विप्लव में सहायक होंगे। चुभ-चुभकर वे मुझे सचेत करेंगे। मैं उन पथ-प्रदर्शकों का अनुशरण करूँगा। बाहुबल से, वीरता से और अनेक प्रचण्ड पराक्रमों से ही मुझे मगध के महाबलाधिकृत का माननीय पद मिला है; मैं उस सम्मान की रक्षा करूँगा। महादेवी! आज मैंने अपने हृदय के मार्मिक रहस्य का अकस्मात् उद्घाटन कर दिया है। परन्तु वह भी जानबूझकर-समझकर। मेरा हृदय शूलों के लौहफलक सहने के लिए है, क्षुद्र विषवाग्बाण के लिए नहीं।

अनन्तदेवीः तुम वीर हो भटार्क! यह तुम्हारे उपयुक्त ही है। देवकी का प्रभाव जिस उग्रता से बढ़ रहा है, उसे देखकर मुझे पुरगुप्त के जीवन में शंका हो रही है। महाबलाधिकृत, दुर्बल माता का हृदय उसके लिए आज ही

से चिन्तित है, विकल है। सम्राट की मति एक-सी नहीं रहती, वे अव्यवस्थित और चंचल हैं। इस अवस्था में विलास की अधिक मात्रा से केवल जीवन के जटिल सुखों की गुत्थियाँ सुलझाने में व्यस्त हैं।

भटार्कः मैं सब समझ रहा हूँ। पुष्यमित्रों के युद्ध में मुझे सेनापति की पदवी नहीं मिली, इसका कारण भी मैं जानता हूँ। मैं दूध पीनेवाला शिशु नहीं हूँ और यह मुझे स्मरण है कि पृथ्वीसेन के विरोध करने पर भी आपकी कृपा से मुझे महाबलाधिकृत का पद मिला है। मैं कृतघ्न नहीं हूँ, महादेवी! आप निश्चिन्त रहें।

अनन्तदेवीः पुष्यमित्रों के युद्ध में भेजने के लिए मैंने भी कुछ समझकर उद्योग नहीं किया। भटार्क! क्रान्ति उपस्थित है, तुम्हारा यहाँ रहना आवश्यक है।

भटार्कः क्रान्ति के सहसा इतना समीप उपस्थित होने के तो कोई लक्षण मुझे नहीं दिखाई पड़ते।

अनन्तदेवीः राजधानी में आनन्द-विलास हो रहा है, और पारसीक मदिरा की धारा बह रही है; इनके स्थान पर वक्त की धारा बहेगी! आज तुम काला-गुरु के गन्ध-धूम से सन्तुष्ट हो रहे हो, कल इन उच्च सौध-मन्दिरों में महापिशाची की विप्लव-ज्वाला धधकेगी। उस चिरायँध की उत्कट गन्ध असह्य होगी। तब तुम भटार्क ! उस आगामी खण्ड-प्रलय के लिए प्रस्तुत हो कि नहीं? (ऊपर देखती हुई) उंहुँ, प्रपंचबुद्धि की कोई बात आज तक मिथ्या नहीं हुई।

भटार्कः कौन प्रपंचबुद्धि ?

अनन्तदेवीः सूची-भेद्य अन्धकार में छिपनेवाली रहस्यमयी नियति का–प्रज्वलित कठोर नियति का–नील आवरण उठाकर झाँकने वाला। उसकी आँखों में अभिचार का संकेत है; मुस्कुराहट में विनाश की सूचना है, आँधियों से खेलता है; बातें करता है–बिजलियों से आलिंगन !

(प्रपंचबुद्धि का सहसा प्रवेश)

प्रपंचबुद्धिः स्मरण भाद्र की अमावस्या?

(भटार्क और अनन्तदेवी सहमकर हाथ जोड़ते है)

अनन्तदेवीः स्मरण है, भिक्षु शिरोमणे! उसे मैं भूल सकती हूँ?

प्रपंचबुद्धिः कौन, महाबलाधिकृत! हँ-हँ-हँ, तुम लोग सद्धर्म के अभिशाप की लीला देखोगे, है आँखों में इतना बल? क्यों समझ लिया था कि इन मुण्डितमस्तक जीर्ण कलेवर भिक्षु कंकालों में क्या धरा है। देखो- शव-चिता में नृत्य करती हुई तारा का ताण्डव नृत्य, शून्य ! सर्वनाशकारिणी प्रकृति की मुण्डमालाओं की कन्दुक-क्रीड़ा! अश्वमेध हो चुके, उनके फलस्वरूप महानरमेध का उपसंहार भी देखो। (भटार्क को देखकर) है तुझमें–तू करेगा? अच्छा महादेवी! अमावस्या के पहले पहर में, जब नील नगन से भयानक और उज्ज्वल उल्कापात होगा, महाशून्य की ओर देखना। जाता हूँ। सावधान !

(प्रस्थान)

भटार्कः महादेवी! यह भूकम्प के समान हृदय को हिला देने वाला कौन व्यक्ति है? ओह, मेरा तो सिर घूम रहा है!

अनन्तदेवीः यही तो भिक्षु प्रपंचबुद्धि है!

भटार्कः तब मुझे विश्वास हुआ। यह क्रूर-कठोर नर-पिशाच मेरी सहायता करेगा। मैं उस दिन के लिए प्रस्तुत हूँ।

अनन्तदेवीः तब प्रतिश्रुत होते हो?

भटार्कः दास सदैव अनुचर रहेगा।

अनन्तदेवीः अच्छा, तुम इसी गुप्तद्वार से जाओ। देखूँ, अभी कादम्ब की मोह-निद्रा से सम्राट जगे कि नहीं!

जयाः *(प्रवेश करके)* परम भट्टारक अँगड़ाइयाँ ले रहे हैं। स्वामिनी शीघ्र चलिए।

(*जया का प्रस्थान*)

भटार्कः तो महादेवी, का प्रस्थान हो।

अनन्तदेवीः (*देखती हुई*) भटार्क ! जाने को कहूँ? इस शत्रुपुरी में मैं असहाय अबला, इतना आह! (*आँसू पोंछती है*)

भटार्कः धैर्य रखिए। इस सेवक के बाहुबल पर विश्वास कीजिए!

अनन्तदेवीः तो भटार्क, जाओ।

(*जया का प्रवेश*)

जयाः *चलिए– शीघ्र । (दोनों जाती हैं)*

भटार्कः एक दुर्भेद्य नारी-हृदय में विश्व-प्रहेलिका का रहस्य-बीज है। ओह कितनी साहसशील स्त्री है? देखूँ, गुप्त-साम्राज्य के भाग्य की कुंजी यह किधर घुमाती है। परंतु इसकी आँखों में कामपिपासा के संकेत अभी उबल रहे हैं। अतृप्ति की चंचल प्रवंचना कपोलों पर रक्त होकर क्रीड़ा कर रही है। हृदय में श्वासों की गरमी विलास का सन्देश वहन कर रही है। परन्तु, अच्छा चलूँ, यह विचार करने का स्थान नहीं है। (*गुप्त द्वार से जाता है*)

(*पट-परिवर्तन*)

पंचम दृश्य

(*अन्तःपुर का द्वार*)

शर्वनागः (*टहलता हुआ*) कौन-सी वस्तु देखी? किस सौन्दर्य पर मन रीझा? कुछ नहीं, सदैव इसी सुन्दरी खड्ग-लता की प्रभा पर मैं मुग्ध रहा। मैं नहीं जानता कि और भी कुछ सुन्दर है। वह मेरी स्त्री-जिसके अभावों का कोश कभी खाली नहीं, जिसकी भर्त्सनाओं का भण्डार अक्षय है, उससे मेरी अन्तरात्मा काँप उठती है। आज मेरा पहरा है। घर से जान छूटी, परन्तु रात बड़ी भयानक है। चलूँ अपने स्थान पर बैठूं। सुनता हूँ कि परम भट्टारक की अवस्था अत्यन्त शोचनीय है– जाने भगवान् ।

भटार्कः कौन? *(प्रवेश करके)*

शर्वनागः नायक शर्वनाग?

भटार्कः कितने सैनिक हैं?

शर्वनागः पूरा एक गुल्म ?

भटार्कः अन्तःपुर से कोई आज्ञा मिली है?

शर्वनागः नहीं।

भटार्कः तुमको मेरे साथ चलना होगा।

शर्वनागः मैं प्रस्तुत हूँ, कहाँ चलूँ ?

भटार्कः महादेवी के द्वार पर।

शर्वनागः वहाँ मेरा क्या कर्तव्य होगा?

भटार्कः कोई न तो भीतर जाने पाए और न भीतर से बाहर आने पाए।

शर्वनागः *(चौंककर)* इसका तात्पर्य?

भटार्कः *(गम्भीरता से)* तुमको महाबलाधिकृत की आज्ञा का पालन करना चाहिए।

शर्वनागः तब भी क्या स्वयं महादेवी पर नियन्त्रण रखना होगा?

भटार्कः हाँ।

शर्वनागः ऐसा !

(कोलाहल भीषण उल्कापात)

भटार्कः ओह ठीक समय हो गया! अच्छा मैं अभी आता हूँ।

(द्वार खोलकर भटार्क भीतर जाता है)

(रामा का प्रवेश)

रामाः क्यों, तुम आज यहीं हो?

शर्वनागः मैं, मैं यहीं हूँ; तुम कैसे ?

रामाः मूर्ख ! महादेवी सम्राट् को देखना चाहती हैं, परन्तु उनके आने में बाधा है गोबर-गणेश! तू कुछ कर सकता है?

शर्वनागः मैं क्रोध से गर्जते सिंह की पूँछ उखाड़ सकता हूँ; परन्तु सिंहवाहिनी ! तुम्हें देखकर मेरे देवता कूच कर जाते हैं।

रामाः (पैर पटक कर) तुम कीड़े से भी अपदार्थ हो।

शर्वनागः न-न-न-न, ऐसा न कहो, मैं सब कुछ हूँ। परन्तु मुझे घबराओ मत; समझाकर कहो! मुझे क्या करना होगा?

रामाः महादेवी देवकी की रक्षा करनी होगी, समझा? क्या आज इस सम्पूर्ण गुप्त-साम्राज्य में कोई ऐसा प्राणी नहीं है, जो उनकी रक्षा करे ! शत्रु अपने विषैले डंक और तीखे डाढ़ सँवार रहे हैं। पृथ्वी के नीचे कुमन्त्रणाओं का क्षीण भूकम्प चल रहा है।

शर्वनागः यही तो मैं कभी-कभी सोचता था। परन्तु...

रामाः तुम, जिस प्रकार हो सके, महादेवी के द्वार पर जाओ। मैं जाती हूँ। *(जाती है)*

(एक सैनिक का प्रवेश)

सैनिकः नायक! न जाने क्यों हृदय दहल उठा है, जैसे सनसन करती हुई, डर से, यह आधी रात खिसकती जा रही है। पवन में गति है। परन्तु शब्द नहीं। 'सावधान' रहने का शब्द मैं चिल्लाकर कहता हूँ; परन्तु मुझे ही सुनाई नहीं पड़ता है। यह सब क्या है। नायक ?

शर्वनागः तुम्हारी तलवार कहीं भूल तो नहीं गई है?

सैनिकः म्यान हलकी-सी लगती है, टटोलता हूँ, पर...

शर्वनागः तुम घबराओ मत, तीन साथियों को साथ लेकर घूमो, सबको सचेत रखो। हम इसी शिला पर हैं, कोई डरने की बात नहीं। *(सैनिक जाता है। फाटक खोलकर पुरगुप्त निकलता है। पीछे भटार्क और सैनिक)*

पुरगुप्तः नायक शर्वनाग !

शर्वनागः जय हो कुमार की! क्या अज्ञा है?

पुरगुप्तः तुम साम्राज्य की शिष्टता सीखो।

शर्वनागः कुमार! दास चिर-अपराधी है। *(सिर झुका लेता है)*

भटार्कः इन्हें महादेवी के द्वार पर जाने की आज्ञा दीजिए, यह विश्वस्त सैनिक वीर हैं।

पुरगुप्तः जाओ, तुम महादेवी के द्वार पर। जैसा महाबलाधिकृत ने कहा है, वैसा करना।

शर्वनागः जैसी आज्ञा ।

(अपने सैनिकों को साथ लेकर जाता है। दूसरे नायक और सैनिक परिक्रमण करते हैं)

भटार्कः कोई भी पूछे तो यह मत कहना कि सम्राट् का निधन हो गया है। हाँ, बढ़ी हुई अस्वस्थता का समाचार बतलाना और सावधान, कोई भी —चाहे वह कुमारामात्य ही क्यों न हों-भीतर न आने पावें। तुम यही कहना कि परम भट्टारक अत्यन्त विकल हैं किसी से मिलना नहीं चाहते। समझा?

नायकः अच्छा...

(दोनों जाते हैं, फाटक बन्द होता है)

नायकः *(सैनिकों से)* आज बड़ी विकट अवस्था है, भाइयो सावधान!

(कुमारामात्य, पृथ्वीसेन, महादण्डनायक और महाप्रतिहार का प्रवेश)

महाप्रतिहारः नायक, द्वार खोलो, हम लोग परम भट्टारक का दर्शन करेंगे।

नायकः प्रभु! किसी को भीतर जाने की आज्ञा नहीं है।

महाप्रतिहारः *(चौंककर)* आज्ञा! किसकी आज्ञा? अबोध तू नहीं जानता-सम्राट् के अन्तःपुर पर स्वयं सम्राट् का भी उतना अधिकार नहीं जितना महाप्रतिहार का? शीघ्र द्वार उन्मुक्त कर।

नायकः दण्ड दीजिए प्रभु, परन्तु द्वार न खुल सकेगा।

महाप्रतिहारः तू क्या कह रहा है?

नायकः जैसी भीतर से आज्ञा मिली है।

कुमारामात्यः *(पैर पटककर)* ओह!

महादण्डनायकः विलम्ब असह्य है, नायक! द्वार से हट जाओ।

महाप्रतिहारः मैं आज्ञा देता हूँ कि तुम अन्तःपुर से हट जाओ युवक! नहीं तो तुम्हें पदच्युत करूँगा।

नायकः यथार्थ है। परन्तु मैं महाबलाधिकृत की आज्ञा से यहाँ हूँ, और मैं उन्हीं के अधीनस्थ सैनिक हूँ। महाप्रतिहार के अन्तःपुर-रक्षकों में मैं नहीं हूँ।

महाप्रतिहारः क्या अन्तःपुर पर भी सैनिक नियन्त्रण है? पृथ्वीसेन !

पृथ्वीसेनः इसका परिणाम भयानक है। अन्तिम शैया पर लेटे हुए सम्राट की आत्मा को कष्ट पहुँचाना होगा।

महाप्रतिहारः अच्छा *(कुछ देखकर)* हाँ, शर्वनाग कहाँ गया?

नायकः उसे महाबलाधिकृत ने दूसरे स्थान पर भेजा है।

महाप्रतिहारः *(क्रोध से)* मूर्ख शर्वनाग!

(अन्तःपुर से क्षीण क्रन्दन)

महादण्डनायकः *(कान लगाकर सुनते हुए)* क्या सब शेष हो गया? हम अवश्य भीतर जाएँगे।

(तीनों तलवार खींच लेते हैं, नायक भी सामने आ जाता है, द्वार खोलकर पुरगुप्त और भटार्क का प्रवेश)

पृथ्वीसेनः भटार्क! यह सब क्या है?

भटार्कः *(तलवार खींचकर सिर से लगाता हुआ)* परम भट्टारक राजाधिराज पुरगुप्त की जय हो! माननीय कुमारामात्य, महादण्डनायक और महाप्रतिहार साम्राज्य के नियमानुसार, शस्त्र अर्पण करके, परम भट्टारक का अभिवादन कीजिए।

(तीनों एक-दूसरे का मुँह देखते हैं)

महाप्रतिहारः तब क्या सम्राट् कुमारगुप्त महेन्द्रादित्य अब संसार में नहीं हैं?

भटार्कः नहीं।

पृथ्वीसेनः परन्तु उत्तराधिकारी युवराज स्कन्दगुप्त ?

पुरगुप्तः चुप रहो, तुम लोगों को बैठकर व्यवस्था नहीं देनी होगी। उत्तराधिकारी का निर्णय सवयं स्वर्गीय सम्राट् कर गए हैं।

पृथ्वीसेनः परन्तु प्रमाण ?

पुरगुप्तः क्या तुम्हें प्रमाण देना होगा?

पृथ्वीसेनः अवश्य ।

पुरगुप्तः महाबलाधिकृत ! इन विद्रोहियों को बन्दी करो।

(भटार्क आगे बढ़ता है)

पृथ्वीसेनः ठहरो भटार्क ! तुम्हारी विजय हुई, परन्तु एक बात...

पुरगुप्तः आधी बात भी नहीं, बन्दी करो।

पृथ्वीसेनः कुमार! तुम्हारे दुर्बल और अत्याचारी हाथों में गुप्त साम्राज्य का राजदण्ड टिकेगा नहीं। सम्भवतः तुम साम्राज्य पर विपत्ति का आवाहन करोगे। इसीलिए कुमार! इससे विरत हो जाओ।

पुरगुप्तः महाबलाधिकृत ! क्यों विलम्ब करते हो?

भटार्कः आप लोग शस्त्र रखकर आज्ञा मानिए।

महाप्रतिहारः आततायी! यह स्वर्गीय आर्यचन्द्रगुप्त का दिया हुआ खड्ग तेरी आज्ञा से नहीं रखा जा सकता। उठा अपना शस्त्र, और अपनी रक्षा कर।

पृथ्वीसेनः महाप्रतिहार ! सावधान! क्या करते हो? यह अन्तर्विद्रोह का समय नहीं है! पश्चिम और उत्तर से काली घटाएँ उमड़ रही हैं, यह समय बलनाश करने का नहीं है। आओ, हम लोग गुप्त-साम्राज्य के विधानानुसार चरम प्रतिकार करें। बलिदान देना होगा। परन्तु भटार्क ! जिसे तुम खेल समझकर हाथ में ले रहे हो, उस काल-भुजंगी राष्ट्रनीति की–प्राण देकर भी–रक्षा करना। एक नहीं, सौ स्कन्दगुप्त उस पर न्योछावर हों। आर्य साम्राज्य की जय हो ! *(छुरा मारकर गिरता है, महाप्रतिहार और महादण्डनायक भी वैसा ही करते हैं)*

पुरगुप्तः पाखण्ड स्वयं विदा हो गए– अच्छा ही हुआ।

भटार्कः परन्तु भूल हुई। ऐसे स्वामिभक्त सेवक्र !

पुरगुप्तः कुछ नहीं। *(भीतर जाता है)*

भटार्कः तो जाएँ, सब जाएँ गुप्त साम्राज्य के हीरों के-से उज्ज्वल हृदयवीर युवकों का शुद्ध रक्त, सब मेरी प्रतिहिंसा राक्षसी के लिए बलि हों!

षष्ठ दृश्य

(नगर-प्रान्त के पथ में)

मुद्गलः *(प्रवेश करके)* किसी के सम्मान सहित निमन्त्रण देने पर पवित्रता से हाथ-पैर धोकर चौके पर बैठ जाना–एक दूसरी बात है; और

भटकते, थकते, उछलते, कूदते, ठोकर खाते और लुढ़कते–हाथ-पैर की पूजा कराते हुए मार्ग चलना–एक भिन्न वस्तु है। कहाँ हम और कहाँ यह दौड़, कुसुमपुरी से अवन्ति और अवन्ति से मूलस्थान! इस बार की आज्ञा का तो पालन करता हूँ; परन्तु यदि, तथापि, पुश्च, फिर भी, कभी ऐसी आज्ञा मिली कि इस ब्राह्मण ने साष्टांग प्रणाम किया। अच्छा, इस वृक्ष की छाया में बैठकर विचार कर लूँ कि सैकड़ों योजन लौट चलना अच्छा है कि थोड़ा और चलकर काम कर लेना।

(गठरी रख बैठकर ऊँघने लगता है। मातृगुप्त का प्रवेश)

मातृगुप्तः मुझे तो युवराज ने मूल स्थान की परिस्थिति सँभालने के लिए भेजा, देखता हूँ कि यह मुद्गल भी यहाँ आ पहुँचा! चलें, इसे कुछ तंग करें, थोड़ा मनो-विनोद ही सही।

(कपड़े से मुँह छिपाकर, गठरी खींचकर चलता है)

मुद्गलः *(उठकर)* ठहरो भाई, जैसे साधारण लोग अपनी गठरी आप ही ढोते हैं, तुम कष्ट न करो।

(मातृगुप्त चक्कर काटता है। मुद्गल पीछे- पीछे दौड़ता है)

मातृगुप्तः *(दूर खड़ा होकर)* अब आगे बढ़े कि तुम्हारी टाँग टूटी !

मुद्गलः अपनी गठरी बचाने में टाँग टूटना बुरा नहीं, अपशकुन नहीं। तुम यह न समझना कि हम दूर चलते-चलते थक गए हैं। तुम्हारा पीछा न छूटेगा। हम ब्राह्मण हैं, हमसे शास्त्रार्थ कर लो। डण्डा न दिखाओ। हाँ मेरी गठरी जो तुम लेते हो, इसमें कौन-सा न्याय है? बोलो-

मातृगुप्तः न्याय ? तब तो तुम आप्तावाक्य मानते होगे?

मुद्गलः अच्छा तो तर्कशास्त्र लगाना पड़ेगा?

मातृगुप्तः हाँ, तुमने गीता पढ़ी होगी ?

मुद्गलः हाँ अवश्य, ब्राह्मण और गीता न पढ़े !

मातृगुप्तः उसमें लिखा है कि "न त्वेवाहं जातु नाऽसौ न त्वं नेमे"–न हम हैं, न तुम हो, न यह वस्तु है, न तुम्हारी है, न हमारी–फिर इस छोटी-सी गठरी के लिए इतना झगड़ा।

मुद्गलः ओहो ! तुम समझे नहीं!

मातृगुप्तः क्या ?

मुद्गलः गीता सुनने के बाद क्या हुआ?

मातृगुप्तः महाभारत !

मुद्गलः तब भइया, इस गठरी के लिए महाभारत का एक लघु संस्करण हो जाना आवश्यक है। गठरी में हाथ लगाया कि डण्डा लगा।

(डण्डा तानता है)

मातृगुप्तः मुद्गल, डण्डा मत तानो, मैं वैसा मूर्ख नहीं कि सूच्यग्र-भाग के लिए दूध और मधु से बना हुआ एक बूँद भी रक्त गिराऊँ !

(गठरी देता है)

मुद्गलः अरे कौन ! मातृगुप्त !

(नेपथ्य में कोलाहल)

मातृगुप्तः हाँ मुद्गल इधर तो शक और हूणों की सम्मिलित सेना घोर आतंक फैला रही है, चारों ओर विप्लव का साम्राज्य है। निरीह भारतीयों की घोर दुर्दशा है।

मुद्गलः और मैं महादेवी का सन्देश लेकर अवन्ति गया, वहाँ युवराज नहीं थे। बलाधिकृत पर्णदत्त की आज्ञा हुई कि महाराजपुत्र गोविन्दगुप्त को जिस तरह हो, खोज निकालो। यहाँ तो विकट समस्या है। हम लोग क्या कर सकते हैं?

मातृगुप्तः कुछ नहीं, केवल भगवान् से प्रार्थना। साम्राज्य में कोई सुनने वाला नहीं, अकेले युवराज स्कन्दगुप्त क्या करेंगे?

मुद्गलः परन्तु भाई, हम ईश्वर होते तो इन मनुष्यों की कोई प्रार्थना सुनते ही नहीं। इनको हर काम में हमारी आवश्यकता पड़ती है। मैं तो घबरा जाता, भला वह तो कुछ सुनते भी हैं।

मातृगुप्तः नहीं मुद्गल, निरीह प्रजा का नाश देखा नहीं जाता। क्या इनकी उत्पत्ति का यही उद्देश्य था? क्या इनका जीवन केवल चींटियों के समान किसी की प्रतिहिंसा पूर्ण करने के लिए है? देखो–वह दूर पर बँधे हुए नागरिक और उन पर हूणों की नृशंसता ! ओह !!

मुद्गलः अरे! हाय रे बाप !!

मातृगुप्तः सावधान ! असहाय अवस्था में प्रार्थना के अतिरिक्त और कोई उपाय नहीं, आओ, हम लोग भगवान् से विनती करें–

दोनों–

उतारोगे अब कब भू-भार
बार-बार क्यों कह रखा था लूँगा मैं अवतार
उमड़ रहा है इस भूतल पर दुख का पारावार
बाड़व लेलिहान जिह्वा का करता है विस्तार
प्रलय-पयोधर बरस रहे हैं रक्त-अश्रु की धार
मानवता में राक्षसत्व का अब है पूर्ण प्रचार
पड़ा नहीं कानों में अब तक क्या यह हाहाकार
सावधान हो अब तुम जानो मैं तो चुका पुकार

(बन्दियों के साथ हूण सैनिकों का प्रवेश)

हूणः चुप रह क्या गाता है?

मुद्गलः हें, हें, भीख माँगता हूँ, गीत गाता हूँ। आप भी कुछ दीजिएगा?

(दीन मुद्रा बनाता है)

हूणः *(धक्का देते हुए)* चल, एक ओर खड़ा हो। हाँ जी, इन दुष्टों ने कुछ देना अभी स्वीकार नहीं किया, बड़े कुत्ते हैं!

नागरिकः हम निरीह प्रजा हैं। हम लोगों के पास क्या रह गया जो आप लोगों को दें। सैनिकों ने तो पहले ही लूट लिया है।

हूण-सेनापतिः तुम लोग बातें बनाना खूब जानते हो। अपना छिपा हुआ धन देकर प्राण बचाना चाहते हो तो शीघ्रता करो, नहीं तो गरम किए हुए लोहे प्रस्तुत हैं-कोड़े और तेल में तर कपड़े भी। उस कष्ट का स्मरण करो!

नागरिकः प्राण तो तुम्हारे हाथों में है, जब चाहो ले लो।

हूण-सेनापतिः *(कोड़े से मारता हुआ)* उसे तो लेंगे ही; पर धन कहाँ है?

नागरिकः नहीं है निर्दय ! हत्यारे! कह दिया कि नहीं है!

हूण-सेनापतिः *(सैनिकों से)* इन बालकों को तेल से भीगा हुआ कपड़ा डालकर जलाओ और स्त्रियों को गरम लोहे से दागो।

स्त्रियाँः हे नाथ!

हमारे निर्बलों के बल कहाँ हो
हमारे दीन के सम्बल कहाँ हो
नहीं हो नाम ही बस नाम है क्या
सुना केवल यहाँ हो या वहाँ हो
पुकारा जब किसी ने तब सुना था
भला विश्वास यह हमको कहाँ हो!

(स्त्रियों को पकड़ कर हूण खींचते हैं)

मातृगुप्तः हे प्रभु!

हमें विश्वास दो अपना बना लो
सदा स्वच्छन्द हों-चाहे जहाँ हों

इन निरीहों के लिए प्राण उत्सर्ग करना धर्म है। कायरो! स्त्रियों पर यह अत्याचार !!

(तलवार से बन्धन काटता है। लपकते हुए संन्यासी का प्रवेश)

संन्यासीः साधु ! वीर! सँभलकर खड़े हो जाओ-भगवान् पर विश्वास करके खड़े हो।

मुद्गलः *(पहचानता हुआ)* जय हो, महाराजपुत्र गोविन्दगुप्त की जय हो!

(सब उत्साहित होकर भिड़ जाते हैं। हूण सैनिक भागते हैं)

गोविन्दगुप्तः अच्छा मुद्गल ! तुम यहाँ कैसे? और युवक ! तुम कौन हो?

मातृगुप्तः युवराज स्कन्दगुप्त का अनुचर।

मुद्गलः वीर पुंगव! इतने दिनों पर दर्शन भी हुआ तो इस वेश में!

गोविन्दगुप्तः क्या कहूँ मुद्गल ! स्कन्द कहाँ है?

मातृगुप्तः उज्जयिनी में!

गोविन्दगुप्तः अच्छा है, सुरक्षित है। चलो, दुर्ग में हमारी सेना पहुँच चुकी है। वहाँ विश्राम करो। यहाँ का प्रबन्ध करके हमको शीघ्र आवश्यक कार्य से मालव जाना है। अब हूणों के आतंक का डर नहीं!

सबः जय हो महाराजपुत्र गोविन्दपुत्र की !

गोविन्दगुप्तः पुष्यमित्रों के युद्ध का क्या परिणाम हुआ?

मातृगुप्तः विजय हुई।

गोविन्दगुप्तः और मालव का?

मुद्गलः युवराज थोड़ी सेना लेकर बन्धुवर्म्मा की सहायता के लिए गए हैं।

गोविन्दगुप्तः *(ऊपर देखकर)* वीरपुत्र है! स्कन्द! आकाश के देवता और पृथ्वी की लक्ष्मी तुम्हारी रक्षा करें। आर्य-साम्राज्य के तुम्हीं एकमात्र भरोसे हो।

मुद्गलः तब महाराजपुत्र बड़ी भूख लगी है। प्राण बचते ही भूख का धावा हो गया, शीघ्र रक्षा कीजिए।

गोविन्दगुप्तः हाँ-हाँ सब लोग चलो। *(सब जानते हैं)*

(दृश्यान्तर)

सप्तम दृश्य

(अवन्ति के दुर्ग में देवसेना, विजया, जयमाला)

विजयाः विजय किसकी होगी, कौन जानता है।

जयमालाः तुमको केवल अपने धन की रक्षा का इतना ध्यान है।

देवसेनाः और देश के मान का, स्त्रियों की प्रतिष्ठा का, बच्चों की रक्षा का कुछ नहीं।

विजयाः *(संकुचित होकर)* नहीं, मेरा अभिप्राय यह नहीं था।

जयमालाः परन्तु एक उपाय है।

विजयाः वह क्या?

जयमालाः रक्षा का निश्चित उपाय।

देवसेनाः तुम्हारे पिता ने तो उस समय नहीं माना, न सुना, नहीं तो आज इस भय का अवसर ही न आता।

जयमालाः तुम्हारी अपार धन-राशि में से एक क्षुद्र अंश, वही यदि इस धनलोलुप श्रृगालों को दे दिया जाता तो...

विजयाः किन्तु इस प्रकार अर्थ देकर विजय खरीदना तो देश की वीरता के प्रतिकूल है।

जयमालाः ठहरो, कोई आ रहा है।

(बन्धुवर्म्मा का प्रवेश)

बन्धुवर्म्माः प्रिये ! अभी तक युवराज का कोई सन्देश नहीं मिला। सम्भवतः शकों और हूणों की सम्मिलित वाहिनी से आज दुर्ग की रक्षा न कर सकूँगा।

जयमालाः नाथ! तब क्या मुझे स्कन्दगुप्त का अभिनय करना होगा? क्या मालवेश को दूसरे की सहायता पर ही राज्य करने का साहस हुआ था? जाओ प्रभु! सेना लेकर सिंह-विक्रम से शत्रु पर टूट पड़ो ! दुर्ग-रक्षा का भार मैं लेती हूँ।

विजयाः महाराज! यह केवल वाचालता है! दुर्ग रक्षा का भार सुयोग्य सेनापति पर होना चाहिए।

बन्धुवर्म्माः घबराओ मत श्रेष्ठि-कन्ये!

जयमालाः स्वर्ण-रत्न की चमक देखने वाली आँखें बिजली-सी तलवारों के तेज को कब तक यह सह सकती हैं। श्रेष्ठि-कन्ये! हम क्षत्राणी हैं, चिर-संगिनी खड्गलता का हम लोगों से चिर-स्नेह है।

बन्धुवर्म्माः प्रिये ! शरणागत और विपन्न की मर्यादा रखनी चाहिए। अच्छा, दुर्ग का तो नहीं, अन्तःपुर का भार तुम्हारे ऊपर है।

देवसेनाः भैया, आप निश्चिन्त रहिए।

बन्धुवर्म्माः भीम दुर्ग का निरीक्षण करेगा; मैं जाता हूँ।

(प्रस्थान)

विजयाः भयानक युद्ध समीप जान पड़ता है, क्यों राजकुमारी !

देवसेनाः तुम वीणा ले लो तो मैं गाऊँ।

विजयाः हँसी न करो राजकुमारी !

जयमालाः बुरा क्या है?

विजयाः युद्ध और गान !

जयमालाः युद्ध क्या गान नहीं है? रुद्र का श्रृंगीनाद, भैरवी का ताण्डवनृत्य और शस्त्रों का वाद्य मिलकर एक भैरव-संगीत की सृष्टि होती है। जीवन

के अन्तिम दृश्य को जानते हुए, अपनी आँखों से देखना; जीवन-रहस्य के चरम-सौन्दर्य की नग्न और भयानक वास्तविकता का अनुभव केवल सच्चे वीर-हृदय को होता है। ध्वंसमयी महामाया-प्रकृति का वह निरन्तर संगीत है। उसे सुनने के लिए हृदय में साहस और बल एकत्र करो। अत्याचार के श्मशान में ही मंगल का, शिव का, सत्य सुन्दर संगीत का समारम्भ होता है।

देवसेनाः तो भाभी, मैं तो गाती हूँ। एक बार गा लूँ, हमारा प्रिय गान फिर गाने को मिले या नहीं।

जयमालाः तो गाओ न ।

विजयाः रानी ! तुम लोग आग की चिनगारियाँ हो, या स्त्री हो? देवी ज्वालामुखी की सुन्दर लट के समान तुम लोग...

जयमालाः सुनो, देवसेना गा रही है।

(देवसेना गाती है)

भरा नैनों में मन में रूप।
किसी छलिया का अमल अनूप।
जल-थल, मारुत, व्योम में, जो छाया है सब ओर।
खोज-खोजकर खो गई मैं, पागल-प्रेम विभोर।
भाँग से भरा हुआ यह कूप।
भरा नैनों में मन में रूप।
धमनी की तन्त्री वजी तू रहा लगाए कान।
बलिहारी मैं, कौन तू है मेरा जीवन-प्रान।
खेलता जैसे छाया-धूप।
भरा नैनों में मन में रूप ।।

(सहसा भीमवर्म्मा का प्रवेश)

भीमवर्म्माः भाभी, दुर्ग का द्वार टूट चुका है। हम अन्तःपुर के बाहरी द्वार पर हैं। अब तुम लोग प्रस्तुत रहना।

जयमालाः उनका क्या समाचार है?

भीमवर्म्मा: अभी कुछ नहीं मिला। गिरिसंकट में उन्होंने शत्रुओं को रोका था, परन्तु दूसरी शत्रु-सेना गुप्त मार्ग से आ गइ। मैं जाता हूँ, सावधान!

(जाता है)

(नेपथ्य में कोलहल, भयानक शब्द)

विजयाः महारानी ! किसी सुरक्षित स्थान में निकल चलिए।

जयमालाः *(छुरी निकालकर)* रक्षा करने वाली तो पास है, डर क्या, देवसेना?

देवसेनाः भाभी! श्रेष्ठि-कन्या के पास नहीं है, उन्हें भी दो।

विजयाः न न न, मैं लेकर क्या करूँगी, भयानक !

देवसेनाः इतनी सुन्दर वस्तु क्या कलेजे में रख लेने योग्य नहीं है?

विजयाः *(धड़ाके का शब्द सुनकर)* ओह! तुम लोग बड़ी निर्दय हो!

जयमालाः जाओ, एक ओर छिपकर खड़ी हो जाओ!

(रक्त से लथपथ भीमवर्म्मा का प्रवेश)

भीमवर्म्मा: भाभी! रक्षा न हो सकी, अब तो मैं जाता हूँ। वीरों के वरणीय सम्मान को अवश्य प्राप्त करूँगा। परन्तु...

जयमालाः हम लोगों की चिन्ता न करो, वीर! स्त्रियों की, ब्राह्मणों की, पीड़ितों और अनाथों की रक्षा में प्राण-विसर्जन करना, क्षत्रिय का धर्म है। एक प्रलय की ज्वाला अपनी तलवार से फैला दो। भैरव के श्रृंगीनाद के समान प्रबल हुंकार से शत्रु-हृदय कँपा दो! वीर! बढ़ो, गिरो तो मध्याह्न के भीषण सूर्य के समान! आगे-पीछे, सर्वत्र आलोक और उज्ज्वलता रहे!

(भीमवर्म्मा का प्रस्थान। द्वार का टूटना। विजयी शत्रु-सेनापति का प्रवेश। भीमवर्म्मा का आकर रोकना। गिरते-गिरते भीमवर्म्मा का जयमाला और देवसेना की सहायता से युद्ध। सहसा स्कन्दगुप्त का सैनिकों के साथ प्रवेश)

घोषः 'युवराज स्कन्दगुप्त की जय !'

(शक और हूण स्तम्भित होते हैं)

स्कन्दगुप्तः ठहरो देवियो ! स्कन्द के जीवित रहते स्त्रियों को शस्त्र नहीं चलाना पड़ेगा।

(युद्ध। सब पराजित और बन्दी होते हैं)

विजयाः *(झाँककर)* अहा! कैसी भयानक और सुन्दर मूर्ति है!

स्कन्दगुप्तः *(विजया को देखकर)* यह-यह कौन?

(पटापेक्ष)

द्वितीय अंक

प्रथम दृश्य

(मालब में शिप्रा-तट पर कुंज में)

देवसेनाः इसी पृथ्वी पर है और अवश्य है।

विजयाः कहाँ राजकुमारी? संसार में छल, प्रवंचना और हत्याओं को देखकर कभी-कभी मान ही लेना पड़ता है कि यह जगत् ही नरक है, कृतघ्नता और पाखण्ड का साम्राज्य यहीं है। छीना-झपटी, नोच-खसोट, मुँह से आधी रोटी छीनकर भागने वाले विकट जीव यहीं तो हैं। श्मशान के कुत्तों से भी बढ़कर मनुष्यों की पतित दशा है।

देवसेनाः पवित्रता की माप है मलिनता, सुख का आलोचक है दुःख, पुण्य की कसौटी है पाप। विजया! आकाश के सुन्दर नक्षत्र आँखों से केवल देखे ही जाते हैं, वे कुसुम-कोमल हैं कि वज्र-कठोर-कौन कह सकता है। आकाश में खेलती हुई कोकिला की करुणामयी तान का कोई रूप है या नहीं, उसे देख नहीं पाते। शतदल और पारिजात का सौरभ बिठा रखने की वस्तु नहीं। परन्तु संसार में ही नक्षत्र-से उज्ज्वल-किन्तु कोमल-स्वर्गीय संगीत की प्रतिमा तथा स्थायी कीर्ति-सौरभ वाले प्राणी देखे जाते हैं। उन्हीं से स्वर्ग का अनुमान कर लिया जा सकता है।

विजयाः होंगे, परन्तु मैंने नहीं देखा।

देवसेनाः तुमने सचमुच कोई ऐसा व्यक्ति नहीं देखा?

विजयाः नहीं तो–

देवसेनाः समझकर कहो।

विजयाः हाँ, समझ लिया।

देवसेनाः क्या तुम्हारा हृदय कभी पराजित नहीं हुआ? विजया! विचार कर कहो, किसी भी असाधारण महत्त्व से तुम्हारा उद्दण्ड हृदय अभिभूत नहीं हुआ? यदि हुआ है, तो वही स्वर्ग है। जहाँ हमारी सुन्दर कल्पना

आदर्श का नीड़ बनाकर विश्राम करती है, वही स्वर्ग है, वही विहार का, वही प्रेम करने का स्थल स्वर्ग है और वह इसी लोक में मिलता है। जिसे नहीं मिला, वह इस संसार में अभागा है।

विजयाः तो राजकुमारी मैं कह दूँ?

देवसेनाः हाँ, हाँ, तुम्हें कहना ही होगा?

विजयाः मुझे तो आज तक किसी को देखकर हारना नहीं पड़ा। हाँ एक युवराज के सामने मन ढीला हुआ, परन्तु मैं उसे कुछ राजकीय प्रभाव भी कहकर टाल दे सकती हूँ।

देवसेनाः नहीं विजया! वह टालने से, बहला देने से, नहीं हो सकता। तुम भाग्यवती हो, देखो यदि वह स्वर्ग तुम्हारे हाथ लगे। *(सामने देखकर)* आरे लो! वह युवराज आ रहे हैं। हम लोग हट चलें।

(दोनों जाती हैं। स्कन्दगुप्त का प्रवेश, पीछे चक्रपालित)

स्कन्दगुप्तः विजय का क्षणिक उल्लास हृदय की भूख मिटा देगा? कभी नहीं। वीरों का भी क्या ही व्यवसाय है, क्या ही उन्मत्त भावना है। चक्रपालित ! संसार में जो सबसे महान् है, वह क्या है? त्याग! त्याग का ही दूसरा नाम महत्त्व है। प्राणों का मोह त्याग करना, वीरता का रहस्य है।

चक्रपालितः युवराज ! सम्पूर्ण संसार कर्मण्य वीरों की चित्रशाला है। वीरत्व एक स्वावलम्बी गुण है। प्राणियों का विकास सम्भवतः इसी विचार के ऊर्जित होने से हुआ है। जीवन में वही तो विजयी होता है जो दिन-रात 'युद्धस्व विगतज्वरः' का शंखनाद सुना करता है।

स्कन्दगुप्तः चक्र ! ऐसा जीवन तो विडम्बना है, जिसके लिए दिन-रात लड़ना पड़े ! आकाश में जब शीतल सुभ्र शरद-शशि का विलास हो, तब भी दाँत-पर दाँत रखे, मुट्ठियों को बाँधे, लाल आँखों से एक-दूसरे को घूरा करें! बसन्त के मनोहर प्रभात में, निभृत कान्तारों में, चुपचाप बहने वाली सरिताओं का स्रोत गरम रक्त बहाकर लाल कर दिया जाय ! नहीं चक्र ! मेरी समझ में मानव जीवन का यही उद्देश्य नहीं है। कोई और भी निगूढ़ रहस्य है, चाहे उसे मैं स्वयं न जान सका हूँ।

चक्रपालितः सावधान युवराज! प्रत्येक जीवन में कोई बड़ा काम करने के पहले ऐसे ही दुर्बल विचार आते हैं। वह तुच्छ प्राणों का मोह है। अपने को झगड़ों से अलग रखने के लिए अपनी रक्षा के लिए यह उसका क्षुद्र प्रयत्न होता है। अयोध्या चलने के लिए आपने कब का समय निश्चित किया है? राजसिंहासन कब तक सूना रहेगा? पुष्यमित्रों और शकों के युद्ध समाप्त हो चुके हैं।

स्कन्दगुप्तः तुम मुझे उत्तेजित कर रहे हो।

चक्रपालितः हाँ युवराज! मुझे यह अधिकार है।

स्कन्दगुप्तः नहीं चक्र ! अश्वमेध-पराक्रम स्वर्गीय सम्राट् कुमारगुप्त का आसन मेरे योग्य नहीं है। मैं झगड़ा करना नहीं चाहता, मुझे सिंहासन न चाहिए। पुरगुप्त को रहने दो। मेरा अकेला जीवन है। मुझे....

चक्रपालितः यह नहीं होगा। यदि राजशक्ति के केन्द्र में ही अन्याय होगा, तब तो समग्र राष्ट्र अन्यायों का क्रीड़ा-स्थल हो जायेगा। आपको सबके अधिकारों की रक्षा के लिए अपना अधिकार सुरक्षित करना ही पड़ेगा।

(चर का आना। कुछ संकेत करना।
दोनों का प्रस्थान। देवसेना और विजया का प्रवेश)

विजयाः यह क्या राजकुमारी ! युवराज तो उदासीन हैं।

देवसेनाः हाँ विजया, युवराज की मानसिक अवस्था कुछ बदली हुई है।

विजयाः दुर्बलता इन्हें राज्य से हटा रही है।

देवसेनाः कहीं तुम्हारा सोचा हुआ युवराज के महत्त्व का परदा तो नहीं हट रहा है? क्यों विजया! वैभव का भय तुम्हें खटकने तो नहीं लगा ?

विजयाः राजकुमारी ! तुम तो निर्दय वाग्बाणों का प्रयोग कर रही हो।

देवसेनाः नहीं विजया, बात ऐसी नहीं है! धनवानों के हाथ में माप ही एक है; वे विद्या, सौन्दर्य, बल, पवित्रता और तो क्या, हृदय भी उसी से मापते हैं। वह माप है–उनका ऐश्वर्य।

विजयाः परन्तु राजकुमारी! इस उदार दृष्टि से तो चक्रपालित क्या, पुरुष नहीं है? अवश्य है। वीर हृदय है, प्रशस्त वक्ष है, उदार मुख-मण्डल है!

देवसेनाः और सबसे अच्छी एक बात है। तुम समझती हो कि वह महत्त्वाकांक्षी है। उसे तुम अपने वैभव से क्रय कर सकती हो, क्यों? भाई, तुमको लेना है, तुम स्वयं समझ लो, मेरी दलाली नहीं चलेगी।

विजयाः जाओ राजकुमारी !

देवसेनाः एक गाना सुनोगी ?

विजयाः महारानी खोजती होंगी, अब चलना चाहिए।

देवसेनाः तब तुम अभी प्रेम करने का, मनुष्य फँसाने का, ठीक सिद्धान्त नहीं जानती हो।

विजयाः क्या ?

देवसेनाः नये ढंग के आभूषण, सुन्दर वसन, भरा हुआ यौवन-यह सब तो चाहिए ही; परन्तु एक वस्तु और चाहिए। पुरुष को वशीभूत करने के पहले चाहिए, धोखे की पट्टी। मेरा तात्पर्य है- एक वेदना अनुभव करने का, एक विह्वलता का, अभिनय उसके मुख पर रहे-जिसमे कुछ आड़ी-तिरछी रेखाएँ मुख पर पड़ें और मूर्ख मनुष्य उन्हीं को लेने के लिए व्याकुल हो जाय और फिर दो बूँद गरम-गरम आँसू और इसके बाद एक तान वागीश्वरी की करुण-कोमल तान। बिना इसके सब रंग फीका-

विजयाः उस समय भी गान?

देवसेनाः बिना गान के कोई कार्य नहीं। विश्व के प्रत्येक कम्प में एक तान है। अहा! तुमने सुना नहीं? दुर्भाग्य तुम्हारा। सुनोगी?

विजयाः राजकुमारी! गाने का भी रोग होता है क्या? हाथ को ऊँचे-नीचे हिलाना, मुँह बनाकर एक भाव प्रकट करना, फिर सिर को जोर से हिला देना, जैसे उस तान से शून्य में हिलोर उठ गयी!

देवसेनाः विजया ! प्रत्येक परमाणु के मिलने में एक सम है, प्रत्येक हरी-हरी पत्ती के हिलने में एक लय है। मनुष्य ने अपना स्वर विकृत कर रखा

है, इसी से तो उसका स्वर विश्व-वीणा में शीघ्र नहीं मिलता। पाण्डित्य के मारे जब देखो, जहाँ देखो, बेताल-बेसुरा बोलेगा। पक्षियों को देखो, उनकी 'चहचह' 'कलकल' 'छलछल' में, काकली में, रागनी है।

विजयाः राजकुमारी, क्या कह रही हो?

देवसेनाः तुमने एकान्त टीले पर सबसे अलग, शरद के सुन्दर प्रभात में फूला हुआ, फूलों से लदा हुआ, परिजात-वृक्ष देखा है?

विजयाः नहीं तो।

देवसेनाः उसका स्वर अन्य वृक्षों से नहीं मिलता। वह अकेले अपने सौरभ की तान से दक्षिण पवन में कम्प उत्पन्न करता है, कलियों को चटकाकर, ताली बजाकर, झूम-झूमकर नाचता है। अपना नृत्य, अपना संगीत, वह स्वयं देखता है-सुनता है। उसके अन्तर में जीवन-शक्ति वीणा बजाती है। वह बड़े कोमल स्वर में गाता है-

घने प्रेम-तरु-तले,
बैठ छाँह लो भव-आतप से तापित और जले।
छाया है विश्वास की श्रद्धा-सरिता-कूल,
सिंची आँसुओं से मृदुल है परागमय धूल,
यहाँ कौन जो छले!
फूल चू पड़े बात से भरे हृदय का घाव,
मन की कथा व्यथा-भरी बैठो सुनते जाव,
कहाँ जा रहे चले!
पी लो छवि-रस माधुरी सींचो जीवन-बेल,
जी लो सुख से आयु-भर यह माया का खेल,
मिलो, स्नेह से गले।
घने प्रेम-तरु-तले।

(बन्धुवर्म्मा का प्रवेश)

देवसेनाः *(संकुचित होती-सी)* अरे भइया-

बन्धुवर्म्माः देवसेना, तुझे गाने का भी विचित्र रोग है।

देवसेनाः रोग तो एक-न-एक सभी को लगा है। परन्तु यह रोग अच्छा है, इससे कितने रोग अच्छे किये जा सकते हैं।

बन्धुवर्म्माः पगली ! जा देख, युवराज जा रहे हैं; कुसुमपुर से कोई समाचार आया है।

देवसेनाः तब उन्हें जाना आवश्यक होगा। भाभी बुलाती हैं क्या?

बन्धुवर्म्माः हाँ उनकी विदाई करनी होगी। सम्भवतः सिंहासन पर बैठने का-राज्याभिषेक का प्रकारण होगा।

देवसेनाः क्या आपको ठीक नहीं मालूम ?

बन्धुवर्म्माः नहीं तो, मुझसे कुछ कहा नहीं परन्तु भौंहों के नीचे एक गहरी छाया है, बात कुछ समझ में नहीं आती।

देवसेनाः भइया, तुम लोगों के पास बातें छिपा रखने का एक भारी रहस्य है। जी खोलकर कह देने में पुरुषों की मर्यादा घटती है। जब तुम्हारा हृदय भीतर से क्रन्दन करता है, तब तुम लोग एक मुस्कुराहट से टाल देते हो-यह बड़ी प्रवंचना है।

बन्धुवर्म्माः *(हँसकर)* अच्छा जा उधर, उपदेश मत दे।

(विजया और देवसेना जाती हैं)

बन्धुवर्म्माः उदार-वीर हृदय, देवोपम–सौन्दर्य, इस आर्यावर्त्त का एकमात्र आशास्थल इस युवराज का विशाल मस्तक कैसी वक्र लिपियों से अंकित है! अन्तःकरण में तीव्र अभिमान के साथ विराग है। आँखों में एक जीवन-पूर्ण ज्योति है। भविष्य के साथ इसका युद्ध होगा, देखूँ कौन विजयी होता है। परन्तु मैं प्रतिज्ञा करता हूँ कि अब से इस वीर परोपकारी के लिए सर्वस्व अर्पित हैं। चलूँ-

(जाता है)

(दृश्यान्तर)

द्वितीय दृश्य

(मठ में प्रपंचबुद्धि, भटार्क और सर्वनाग)

प्रपंचबुद्धिः बाहर देख लो, कोई है तो नहीं।

(शर्व जाकर लौट आता है)

शर्वनागः कोई नहीं, परन्तु आप इतना चौंकते क्यों हैं? मैं तो कभी यह चिन्ता नहीं करता कि कौन आया है या कौन आवेगा।

प्रपंचबुद्धिः तुम नहीं जानते।

शर्वनागः नहीं श्रवण ! खड्ग हाथ में लिये प्रत्येक भविष्यत् की मैं प्रतीक्षा करता हूँ। जो कुछ होगा, वही निबटा लेगा। इतने डर की, घबराहट की आवश्यकता नहीं। विश्वास करना और देना, इतने ही लघु व्यापार से संसार की सब समस्याएँ हल हो जायेंगी।

प्रपंचबुद्धिः प्रत्येक भित्ति के, किवाड़ों के कान होते हैं; समझ लेना चाहिए, देख लेना चाहिए।

शर्वनागः अच्छी बात है कहिए।

भटार्कः पहले तुम चुप तो रहो।

(शर्व चुप रहने की मुद्रा बनाता है)

प्रपंचबुद्धिः धर्म की रक्षा करने के लिए प्रत्येक उपाय से काम लेना होगा।

शर्वनागः भिक्षु शिरोमणे! वह कौन-सा धर्म है, जिसकी हत्या हो रही है?

प्रपंचबुद्धिः यही हत्या रोकना, अहिंसा, गौतम का धर्म है। यज्ञ की बलियों को रोकना, करुणा और सहानुभूति की प्रेरणा से कल्याण का प्रचार करना। हाँ अवसर ऐसा है कि हम वह काम भी करें जिससे तुम चौंक उठो। परन्तु नहीं, वह तो तुम्हें करना ही होगा।

भटार्कः क्या?

प्रपंचबुद्धिः महादेवी देवकी के कारण राजधानी में विद्रोह की सम्भावना है, उन्हें संसार से हटाना होगा।

शर्वनागः ठीक है, तभी आप चौंकते हैं, और तभी धर्म की रक्षा करनी होगी। हत्या के द्वारा हत्या का निषेध कर लेंगे—क्यों?

भटार्कः ठहरो शर्व! परन्तु महास्थविर! क्या इसकी अत्यन्त आवश्यकता है?

प्रपंचबुद्धिः नितान्त ।

शर्वनागः बिना इसके काम नहीं चलेगा? धर्म नहीं प्रचारित होगा?

प्रपंचबुद्धिः और यह काम शर्व को करना होगा।

शर्वनागः *(चौंककर)* मुझे? मैं कदापि नहीं...

भटार्कः शीघ्रता न करो शर्व ! भविष्यत् के सुखों से इसकी तुलना करो।

शर्वनागः नाप-तौल मैं नहीं जानता, मुझे शत्रु दिखा दो। मैं भूखे भेड़िये की भाँति उसका रक्तपान कर लूँगा, चाहे मैं ही क्यों न मारा जाऊँ; परन्तु निरीह हत्या—यह मुझसे नहीं...।

भटार्कः मेरी आज्ञा ।

शर्वनागः तुम सैनिक हो, उठाओ तलवार। चलो, दो सहस्त्र शत्रुओं पर हम दो मनुष्य आक्रमण करें। देखें, मरने से कौन भागता है। कायरता ! अबला महादेवी की हत्या! किस प्रलोभन में तुम पिशाच बन रहे हो?

भटार्कः सावधान सर्व! इस चक्र से तुम नहीं निकल सकते। या तो करो या मरो। मैं सज्जनता का स्वांग नहीं ले सकता, मुझे वह नहीं भाता। मुझे कुछ है, वह जैसे मिलेगा-लूँगा। साथ दोगे तो तुम भी लाभ में रहोगे।

शर्वनागः नहीं भटार्क! लाभ के लिए ही मनुष्य सब काम करता, तो पशु बना रहना ही उसके लिए पर्याप्त था, मुझसे यह नहीं होने का।

प्रपंचबुद्धिः ठहरो भटार्क। मुझे पूछने दो। क्यों शर्व! तुमने जो यह अस्वीकार किया है, वह क्यों? पाप समझकर ?

शर्वनागः अवश्य ।

प्रपंचबुद्धिः तुम किसी कर्म को पाप नहीं कह सकते, वह अपने नग्न रूप में पूर्ण है, पवित्र है। संसार ही युद्ध-क्षेत्र है, इससे पराजित होकर शस्त्र अर्पण करके जीने से क्या लाभ ? तुम युद्ध में हत्या करना धर्म समझते हो ? परन्तु दूसरे स्थल पर अधर्म?

शर्वनागः हाँ।

प्रपंचबुद्धिः मार डालना, प्राणी का अन्त कर देना, दोनों स्थलों में एक-सा है, केवल देश और काल का भेद है। यही न!

शर्वनागः हाँ, ऐसा ही तो।

प्रपंचबुद्धिः तब तुम स्थान 'और समय की कसौटी पर कर्म को परखते हो, इसी से कर्म के अच्छे और बुरे होने की जाँच करते हो।

शर्वनागः दूसरा उपाय क्या?

प्रपंचबुद्धिः है क्यों नहीं। हम कर्म की जाँच परिणाम से करते हैं, और यही उद्देश्य तुम्हारे स्थान और समय वाली जाँच का होगा।

शर्वनागः परन्तु जिसके भावी परिणाम को अभी तुम देख न सके, उसके बल पर तुम कैसे पूर्व-कर्म कर सकते हो ?

प्रपंचबुद्धिः आशा पर, जो सृष्टि का रहस्य है। आओ इसका एक प्रत्यक्ष उदाहरण दें। *(मदिरा का पात्र भरता है, स्वयं पीकर सबको पिलाता है, बार-बार ऐसा करता है)*

प्रपंचबुद्धिः क्यों, कैसी कड़वी थी?

शर्वनागः उँह, हृदय तक लकीर खिंच गयी !

भटार्कः परन्तु अब तो एक आनन्द का स्रोत हृदय में बहने लगा है।

शर्वनागः मैं नाचूँ? *(उठना चाहता है)*

प्रपंचबुद्धिः ठहरो, मेरे साथ।

(उठकर दोनों नाचते हैं। अकस्मात् लड़खड़ाकर प्रपंचबुद्धि गिर पड़ता है। चोट लगती है)

भटार्कः अरे रे! (सँभलकर उठाता है)

प्रपंचबुद्धिः कुछ चिन्ता नहीं।

शर्वनागः बड़ी चोट आयी !

प्रपंचबुद्धिः परन्तु परिणाम अच्छा हुआ। तुम लोगों पर भारी विपत्ति आने वाली थी।

भटार्कः वह टल गयी क्या? *(आश्चर्य से देखता है)*

शर्वनागः क्यों सेनापति ! टल गयी।

प्रपंचबुद्धिः उसी विपत्ति का निवारण करने के लिए मैंने यह कष्ट सहा। मैं तुम लोगों के भूत, भविष्यत् और वर्तमान का नियामक रक्षक और द्रष्टा हूँ। आओ, अब तुम लोग निर्भय हो।

भटार्कः धन्य गुरुदेव !

शर्वनागः आश्चर्य !

भटार्कः शंका न करो, श्रद्धा करो; श्रद्धा का फल मिलेगा। शर्व, अब भी तुम विश्वास नहीं करते?

शर्वनागः करता हूँ। जो आज्ञा होगी वही करूँगा।

प्रपंचबुद्धिः अच्छी बात है, चलो-

(सब जाते हैं। कुमारदास रूपी धातुसेन का प्रवेश)

धातुसेनः मैं अभी यहीं रह गया, सिंहल नहीं गया। इस रहस्यपूर्ण अभिनय को देखने की इच्छा बलवती हुई। परन्तु मुद्गल तो अभी नहीं आया, यहाँ तो आने को था! *(देखता है)* लो वह आ गया।

मुद्गलः क्यों भइया, तुम्हीं धातुसेन हो ?

धातुसेनः *(हँसकर)* पहचानते नहीं?

मुद्गलः किसी की धातु पहचानना बड़ा असाधारण कार्य है। तुम किस धातु के हो?

धातुसेनः भाई, सोना अत्यन्त घन होता है, बहुत शीघ्र गरम होता है, और हवा लग जाने से शीतल हो जाता है। मूल्य भी बहुत लगता है। इतने पर भी सिर पर बोझ-सा रहता है। मैं सोना नहीं हूँ, क्योंकि उसकी रक्षा के लिए भी एक धातु की आवश्यकता होती है, वह है 'लोहा'।

मुद्गलः तब तुम लोहे के हो?

धातुसेनः लोहा बड़ा कठोर होता है। कभी-कभी वह लोहे को भी काट डालता है। उँहूँ, भाई! मैं तो मिट्टी हूँ-मिट्टी, जिसमें से सब निकलते हैं। मेरी समझ में तो मेरे शरीर की धातु मिट्टी है, जो किसी के लोभ की सामग्री नहीं, और वास्तव में उसी के लिए सब धातु अस्त्र बनकर चलते हैं, लड़ते हैं, जलते हैं, टूटते हैं, फिर मिट्टी होते हैं। इसलिए मुझे मिट्टी समझो-धूल समझो। परन्तु यह तो बताओ, महादेवी की मुक्ति के लिए क्या उपाय सोचा ?

मुद्गलः मुक्ति का उपाय! अरे ब्राह्मण की मुक्ति भोजन करते हुए मरने में, बनियों की दीवालों की चोट से गिर जाने में, और शूद्रों की-हम तीनों की ठोकरों से मुक्ति-ही-मुक्ति है। महादेवी तो क्षत्राणी हैं, सम्भवतः उनकी मुक्ति शस्त्र से होगी।

धातुसेनः तुमने ठीक सोचा। आज अर्द्धरात्रि में कारागार में!

मुद्गलः कुछ चिन्ता नहीं, चलो युवराज आ गये हैं।

धातुसेनः मैं भी प्रस्तुत रहूँगा।

(दोनों का प्रस्थान)

(दृश्यान्तर)

तृतीय दृश्य

(देवकी के राजमन्दिर के बाहरी भाग में मन्दिरोन्मत्त शर्वनाग का प्रवेश)

शर्वनागः कदम्ब, कामिनी, कंचन-वर्णमाला के पहले अक्षर! करना होगा। इन्हीं के लिए कर्म करना होगा। मनुष्य को यदि इन कवर्गों की चाह नहीं तो कर्म क्यों करें? 'कर्म' में एक 'कु' और जोड़ दें। लो, अच्छी वर्णमैत्री होगी! लड़खड़ाते हुए कादम्ब ! ओह प्यास *! (प्याले में मदिरा उँड़ेलता है)* लाल- यह क्या रक्त? आह! कैसी भीषण कमनीयता है! लाल मदिरा लाल नेत्रों से लाल-लाल रक्त देखना चाहती है। किसका ? एक प्राणी का, जिसके कोमल मांस में रक्त मिला हो। अरे रे, नहीं, दुर्बल नारी। उँह, यह तेरी दुर्बलता है। चल अपना काम देख, देख-सामने सोने का संसार खड़ा है!

(रामा का प्रवेश)

रामाः पामर! सोने की लंका राख हो गयी।

शर्वनागः उसमें मदिरा न रही होगी, सुन्दरी !

रामाः मदिरा का समुद्र उफन रहा था—मदिरा समुद्र के तट पर ही तो लंका बसी थी।

शर्वनागः तब उसमें तुम जैसी कोई कामिनी न होगी। तुम कौन हो—स्वर्ग की अप्सरा या स्वप्न की चुड़ैल ?

रामाः स्त्री को देखते ही ढिलमिल हुए आँखें फाड़कर देखते हैं-जैसे खा जायेंगे। मैं कोई हूँ!

शर्वनागः सुन्दरी! यह तुम्हारा ही दोष है। तुम लोगों का वेश-विन्यास, आँखों की लुका-चोरी, अंगों का सिमटना, चलने में एक क्रीड़ा, एक कौतूहल, पुकार कर-टोक कर कहते हैं—'हमें देखो।' हम क्या करें देखते ही बनता है!

रामाः दुर्वृत्त मद्यप! तू अपनी स्त्री को नहीं पहचानता है—परस्त्री समझ कर उसे छेड़ता है।

शर्वनागः *(सँभलकर)* अयँ! अरे ओह! मेरी रामा, तुम हो ?

रामाः हाँ मैं हूँ।

शर्वनागः *(हँसकर)* तभी तो मैं तुमको जानकर ही बोला, नहीं भला मैं किसी परस्त्री से- *(जीभ निकाल कर कान पकड़ता है।)*

रामाः अच्छा, यह तो बताओ, कादम्ब पीना कहाँ से सीखा है? और यह क्या बकते थे?

शर्वनागः अरे प्रिये! तुमसे न कहूँगा तो किससे कहूँगा, सुनो-

रामाः हाँ, हाँ कहो।

शर्वनागः *(निकट जाकर)* तुमको रानी बनाऊँगा।

रामाः *(चौंककर)* क्या?

शर्वनागः *(और निकट जाकर)* तुम्हें सोने से लाद दूँगा।

रामाः किस तरह?

शर्वनागः वह भी बतला दूँ? तुम नित्य कहती आई हो कि 'तू निकम्मा है, अपदार्थ है, कुछ नहीं है'- तो मैं कुछ कर दिखाना चाहता हूँ।

रामाः अरे कहो भी!

शर्वनागः वह पीछे बताऊँगा। आज तुम महादेवी के बन्दीगृह में न जाना, समझा न?

रामाः (*उत्सुकता से*) क्यों ?

शर्वनागः सोना लेना हो, मान लेना हो, तो ऐसा ही करना, क्योंकि आज वहाँ जो काण्ड होगा, तुम उसे देख न सकोगी। तुम अभी इसी स्थान से लौट जाओ।

रामाः (*डरती हुई*) क्या करोगे? तुम पिशाच की दुष्कामना से भी भयानक दिखाई देते हो! तुम क्या करोगे? बोलो !

शर्वनागः (*मद्यपान करता हुआ*) हत्या! थोड़ी-सी मदिरा दे, शीघ्र दे, नहीं तो छुरा भोंक दूँगा। ओह मेरा नशा उखड़ा जा रहा है।

रामाः आज तुम्हें क्या हो गया है। मेरे स्वामी! मेरे...

शर्वनागः अभी मैं तेरा कुछ नहीं हूँ। सोना मिलने से सब हो जाऊँगा, इसी का उद्योग कर रहा हूँ।

(*इधर-उधर देखकर बगल से सुराही निकाल कर पीता है*)

रामाः ओह! मैं समझ गयी! तूने बेच दिया-पिशाच के हाथ तूने अपने को बेच दिया! अहा! ऐसा सुन्दर, ऐसा मनुष्योचित मन कौड़ी के मोल बेच दिया। लोभवश मनुष्य से पशु हो गया है। रक्तपिपासु ! क्रूरकर्मा मनुष्य ! कृतघ्नता की कीच का कीड़ा! नरक की दुर्गन्ध ! तेरी इच्छा कदापि पूर्ण न होने दूँगी। मेरे रक्त के प्रत्येक परमाणु में जिसकी कृपा की शक्ति है, जिसके स्नेह का आकर्षण है, उनके प्रतिकूल आचरण! वह मेरा पति तो क्या, स्वयं ईश्वर भी हो, नहीं करने पावेगा।

शर्वनागः क्या-तूँ-ओ-तूँ....

रामाः हाँ-हाँ, मैं न होने दूँगी। मुझे ही मार ले हत्यारे! मद्यप! तेरी रक्त-पिपासा शान्त हो जाय। परन्तु महादेवी पर हाथ लगाया तो मैं पिशाचिनी-सी प्रलय की काली आँधी बनकर कुचक्रियों के जीवन की काली राख अपने शरीर में लपेट कर ताण्डव-नृत्य करूँगी। मान जा, इसी में तेरा भला है।

शर्वनागः अच्छा, तू इसमें विघ्न डालेगी। तू क्या, विघ्नों का पहाड़ भी होगा तो ठोकरों से हटा दिया जायेगा। मुझे सोना और सम्मान मिलने में कौन बाधा देगा?

रामाः मैं दूँगी। सोना मैं नहीं चाहती, मान मैं नहीं चाहती। मुझे अपना स्वामी अपने उसी मनुष्य-रूप में चाहिए। *(पैर पकड़ती हैं)* स्वामी हिंस्र पशु भी जिनसे पाले जाते हैं, उन पर चोट नहीं करते, अरे तुम तो मस्तिष्क रखने वाले मनुष्य हो।

शर्वनागः *(ठुकरा देता है)* जा, तू, हट जा, नहीं तो मुझे एक के स्थान पर दो हत्याएँ करनी पड़ेंगी! मैं प्रतिश्रुत हूँ, वचन दे चुका हूँ।

रामाः (प्रार्थना करती हुई) तुम्हारा यह झूठा सत्य है। ऐसी प्रतिज्ञाओं का पालन सत्य नहीं कहा जा सकता, ऐसे धोखे के सत्य लेकर ही संसार में पाप और असत्य बढ़ते हैं। स्वामी! मान जाओ।

शर्वनागः ओह, विलम्ब होता है तो पहले तू ही ले– *(पकड़ना और मारना चाहता है, रामा शीघ्रता से हाथ छुड़ाकर भाग जाती है)*

(अनन्तदेवी, प्रपंचबुद्धि और भटार्क का प्रवेश)

भटार्कः शर्व !

शर्वनागः जय हो! मैं प्रस्तुत हूँ, परन्तु मेरी स्त्री इसमें बाधा डालना चाहती है। मैं पहले उसी को पकड़ना चाहता था, परन्तु वह भागी।

अनन्तदेवीः सौगन्ध है। यदि तू विश्वासघात करेगा तो कुत्तों से नुचवा दिया जायेगा।

प्रपंचबुद्धिः शर्व ! तुम तो स्त्री नहीं हो।

शर्वनागः नहीं, मैं प्रतिश्रुत हूँ परन्तु...

भटार्कः तुम्हारी पद-वृद्धि और पुरस्कार का प्रमाण-पत्र यह प्रस्तुत है। *(दिखाता है)* काम हो जाने पर-

शर्वनागः तब शीघ्र चलिए, दुष्टा रामा भीतर पहुँच गयी होगी।

(सब जाते हैं)

(दृश्यान्तर)

चतुर्थ दृश्य

(बन्दीगृह में देवकी और रामा)

रामाः महादेवी। मैं लज्जा के गर्त में डूब रही हूँ। मुझे कृतज्ञता और सेवा-धर्म धिक्कार दे रहे हैं। मेरा स्वामी...

देवकीः शान्त हो रामा। बुरे दिन कहते किसे हैं? जब स्वजन लोग अपने शील-शिष्टाचार का पालन करें-आत्मसमर्पण, सहानुभूति, सत्यपथ का अवलम्बन करें, तो दुर्दिन का साहस नहीं कि उस कुटुम्ब की ओर आँख उठाकर देखे। इसलिए इस कठोर समय में भगवान् की स्निग्ध करुणा का शीतल ध्यान कर।

रामाः महादेवी! परन्तु आपकी क्या दशा होगी?

देवकीः मेरी दशा ? मेरी लाज का बोझ उसी पर है जिसने वचन दिया है, जिस विषद्-भंजन की असीम दया अपना स्निग्ध अंचल सब दुखियों के आँसू पोंछने के लिए सदैव हाथ में लिये रहती है।

रामाः परन्तु उसने पिशाच का प्रतिनिधित्व ग्रहण किया है, और...

देवकीः न घबरा रामा! एक पिशाच नहीं नरक के असंख्य दुर्दान्त प्रेतों और क्रूर पिशाचों का त्रास और उनकी ज्वाला दयामय की कृपादृष्टि के एक बिन्दु से शान्त होती है।

(नेपथ्य से संगीत)

पालना बनें प्रलय की लहरें।
शीतल हो ज्वाला की आँधी,
करुणा के धन-छहरें।
दया दुलाल करे; पल भर भी-
विपदा पास न ठहरे।
प्रभु का हो विश्वास सत्य तो,
सुख का केतर फहरे।

(भटार्क शर्वनाग के साथ अनन्तदेवी का प्रवेश)

अनन्तदेवीः परन्तु व्यंग्य की विष-ज्वाला रक्तधारा से भी नहीं बुझती देवकी। तुम मरने के लिए प्रस्तुत हो जाओ।

देवकीः क्या तुम मेरी हत्या करोगी?

प्रपंचबुद्धिः *(प्रवेश करके)* हाँ! सद्धर्म का विरोधी, हिमालय की निर्जन ऊँची चोटी तथा अगाध समुद्र के अनन्तस्थल में भी नहीं बचने पावेगा; और उस महाबलिदान का आरम्भ तुम्हीं से होगा। शर्व आगे बढ़ों।

रामाः एक शर्व नहीं, तुम्हारे जैसे सैंकड़ों पिशाच भी यदि जुटकर आवें तो भी आज महादेवी का परामर्श कोई न कर सकेगा।

(छुरी निकालती है)

शर्वनागः मैं तेरा स्वामी हूँ रामा! क्या तू मेरी हत्या करेगी?

रामाः ओह! बड़ी धर्मबुद्धि जगी है पिशाच को, और यह महादेवी तेरी कौन है?

शर्वनागः फिर भी मैं तेरा...

रामाः स्वामी? नहीं-नहीं तू मेरे स्वामी का नरकवासी प्रेत है। तेरी हत्या कैसी-तू तो कभी का मर चुका है।

देवकीः शान्त हो रामा! देवकी अपने रक्त के बदले और किसी का रक्त नहीं गिराना चाहती। चल रे रक्त के प्यासे कुत्ते ! चल अपना काम कर।

(शर्व आगे बढ़ता है)

अनन्तदेवीः क्यों देवकी! राजसिंहासन लेने की स्पर्धा क्या हुई?

देवकीः परमात्मा की कृपा है कि मैं स्वामी के रक्त से कलुषित सिंहासन पर न बैठ सकी।

भटार्कः भगवान् का स्मरण कर लो।

देवकीः मेरे अन्तर की करुण कामना एक थी कि 'स्कन्द' को देख लूँ। परन्तु तुम लोगों से, हत्यारों से, नैं उनके लिए भी प्रार्थना न करूँगी। प्रार्थना उसी विश्वम्भर के श्रीचरणों में है, जो अपनी अनन्त दया का अभेद्य कवच पहना कर मेरे स्कन्द को सदैव सुरक्षित रखेगा।

शर्वनागः अच्छा तो *(खड्ग उठाता है, रामा सामने आकर खड़ी हो जाती है)* हट जा अभागिनी।

रामाः मुर्ख ! अभागा कौन है? जो संसार के सबसे पवित्र धर्म कृतज्ञता को भूल जाता है और भूल जाता है कि सबके ऊपर एक अटल अदृष्ट का नियामक सर्वशक्तिमान है, वह या मैं?

शर्वनागः कहता हूँ कि अपनी लोथ मुझे पैरों से न ठुकराने दे।

रामाः टुकड़े का लोभी। तू सती का अपमान करे, तेरी यह स्पर्धा? तू कीड़ों से भी तुच्छ है। पहले मैं मरूँगी, तब महादेवी।

अनन्तदेवीः *(क्रोध से)* तो पहले इसी का अन्त करो शर्व! शीघ्रता करो।

शर्वनागः अच्छा तो वही होगा *(प्रहार करने पर उद्यत होता है) (सहसा किवाड़ तोड़कर स्कन्द भीतर घुस आता है। पीछे मुद्गल और धातुसेन। आते ही शर्वनाग की गर्दन दबाकर तलवार छीन लेता है।)*

स्कन्दगुप्तः *(भटार्क से)* क्यों रे नीच पशु? तेरी क्या इच्छा है?

भटार्कः राजकुमार ! वीर के प्रति उचित व्यवहार होना चाहिए।

स्कन्दगुप्तः तू वीर है? अर्द्धरात्रि में निस्सहाय अबला महादेवी की हत्या के उद्देश्य से घुसने वाला चोर। तुझे भी वीरता का अभिमान है? तो द्वन्द्वयुद्ध के लिए आमन्त्रित करता हूँ-बचा अपने को !

(भटार्क दो-एक हाथ चलाकर घायल होकर गिरता है)

स्कन्दगुप्तः मेरी सौतेली माँ। तुम ?

अनन्तदेवीः स्कन्द ? फिर भी मैं तुम्हारे पिता की पत्नी हूँ।

(घुटनों के बल बैठकर हाथ जोड़ती हुई)

स्कन्दगुप्तः अनन्तदेवी! कुसुमपुर में पुरगुप्त को लेकर चुपचाप बैठी रहो। जाओ- मैं स्त्री पर हाथ नहीं उठाता, परन्तु सावधान। विद्रोह की इच्छा न करना नहीं तो क्षमा असम्भव है। *(देवकी के चरणों पर झुकते हुए)* 'अहा! मेरी माँ।

देवकीः *(आलिंगन करते)* आओ मेरे वत्स ।

(दृश्यान्तर)

पंचम दृश्य

(अवन्ति दुर्ग का एक भाग। बन्धुवर्म्मा, भीमवर्म्मा और जयमाला का प्रवेश)

बन्धुवर्म्मा: वत्स भीम! बोलो, तुम्हारी क्या सम्मति है?

भीमवर्म्मा: तात! आपकी इच्छा; मैं तो आपका अनुचर हूँ।

जयमाला: परन्तु इसकी आवश्यकता ही क्या है? उनका इतना बड़ा साम्राज्य है, तब भी क्या मालव के बिना काम न चलेगा?

बन्धुवर्म्मा: देवी! केवल स्वार्थ देखने का अवसर नहीं है। यह ठीक है कि शकों के पतन-काल में पुष्करणाधिपति स्वर्गीय महाराज सिंगवर्म्मा ने एक स्वतन्त्र राज्य स्थापित किया, और उनके वंशधर ही उस राज्य के स्वत्वाधिकारी है; परन्तु उस राज्य का ध्वंस हो चुका था, म्लेच्छों को सम्मिलित वाहिनी उसे धूल में मिला चुकी थी; उस समय तुम लोगों को केवल आत्महत्या का ही अवलम्ब निःशेष था, तब इन्हीं स्कन्दगुप्त ने रक्षा की थी; यह राज्य अब न्याय से उन्हीं का है।

भीमवर्म्मा: परन्तु क्या वे माँगते हैं?

बन्धुवर्म्मा: नहीं भीम! युवराज स्कन्द ऐसे क्षुद्र हृदय के नहीं; उन्होंने पुरगुप्त को इस जघन्य अपराध पर भी मगध का शासक बना दिया है। वह तो सिंहासन भी नहीं लेना चाहते। जयमालाः परन्तु तुम्हारा मालव उन्हें प्रिय है।

बन्धुवर्म्मा: देवी, तुम नहीं देखती हो कि आर्यावर्त पर विपत्ति की प्रलय-मेधमाला घिर रही है, आर्य साम्राज्य के अन्तर्विरोध और दुर्बलता को आक्रमणकारी भली-भाँति जान गये। शीघ्र ही देशव्यापी युद्ध की सम्भावना है। इसलिए यह मेरी ही सम्मति है कि साम्राज्य की सुव्यवस्था के लिए आर्य राष्ट्र के त्राण के लिए, युवराज उज्जयिनी में रहें, इसी में सबका कल्याण है। आर्यावर्त का जीवन केवल स्कन्दगुप्त के कल्याण से है। और उज्जयिनी में साम्राज्याभिषेक का अनुष्ठान होगा, सम्राट होंगे स्कन्दगुप्त ।

जयमालाः आर्यपुत्र। अपना पैतृक राज्य इस प्रकार दूसरों के पदतल में निस्संकोच अर्पित करते हुए हृदय काँपता नहीं है? क्या फिर उन्हीं की सेवा करते हुए दास के समान जीवन व्यतीत करना होगा?

बन्धुवर्म्माः *(सिर झुकाकर सोचते हुए)* तुम कृतघ्नता का समर्थन करोगी, वैभव और ऐश्वर्य के लिए ऐसा कदर्य प्रस्ताव करोगी, इसका मुझे स्वप्न में भी ध्यान न था।

जयमालाः यदि होता?

बन्धुवर्म्माः तब मैं इस कुटुम्ब की कमनीय कल्पना को दूर से ही नमस्कार करता और आजीवन अविवाहित रहता। क्षत्रिये। जो केवल खड्ग का अवलम्बन रखने वाले सैनिक हैं, उन्हें विलास की सामग्रियों का लोभ नहीं रहता। सिंहासन पर मुलायम गद्दों पर लेटने के लिए या अकर्मण्यता और शरीर पोषण के लिए क्षत्रियों ने लोहे को पना आभूषण बनाया है।

भीमवर्म्माः भैया ! तब ?

बन्धुवर्म्माः भीम ! क्षत्रियों का कर्तव्य है आर्त त्राण परायण होना विपद का हँसते हुए आलिंगन करना, विभीषिकाओं की मुस्कुराकर अवहेलना करना और विपन्नों के लिए अपने धर्म के लिए, देश के लिए प्राण देना।

(देवसेना का सहास प्रवेश)

देवसेनाः भाभी! सर्वात्मा के स्वर में, आत्म-समर्पण के प्रत्येक ताल में अपने विशिष्ट व्यक्तिवाद का विस्मृत हो जाना-एक मनोहर संगीत है। क्षुद्र स्वार्थ, भाभी जाने दो, भैया को देखो कैसा उदार, कैस महान् और कितना पवित्र ।

जयमालाः देवसेना ! समष्टि में भी व्यष्टि रहती है। व्यक्तियों से ही जाति बनती है। विश्व प्रेम, सर्वभूत-हित कामना परम धर्म है, परन्तु इसका अर्थ यह नहीं हो सकता कि अपने पर प्रेम न हो। इस अपने ने क्या अन्याय किया है जो इसका बहिष्कार हो?

बन्धुवर्म्मा: ठहरो जयमाला। इसी क्षुद्र ममत्व ने हमको दुष्ट भावना की ओर प्रेरित किया है, इसी से हम स्वार्थ का समर्थन करते हैं। इसे छोड़ दो जयमाला ! इसके वशीभूत होकर हम अत्यन्त पवित्र वस्तुओं से बहुत दूर हो जाते हैं। बलिदान करने के योग्य वह नहीं, जिसने अपना आपा नहीं खोया।

भीमवर्म्मा: भाभी! अब तर्क न करो। समस्त देश के कल्याण के लिए एक कुटुम्ब की भी नहीं, उसके क्षुद्र स्वार्थों की बलि होने दो भाभी! हृदय नाच उठा है, जाने दो इस नीच प्रस्ताव को। देखो-हमारा आर्यावर्त विपन्न है, यदि हम मर-मिटकर भी इसकी कुछ सेवा कर सकें...

जयमाला: जब सभी लोगों की ऐसी इच्छा है, तब मुझे क्या।

बन्धुवर्म्मा: तब मालेश्वरी की जय हो, तुम्हीं इस सिंहासन पर बैठो। बन्धुवर्म्मा तो आज से आर्य-साम्राज्य सेना का एक साधारण पदातिक सैनिक है; तुम्हें तुम्हारा ऐश्वर्य सुखद हो।

(जाना चाहता है)

भीमवर्म्मा: ठहरो भैया; हम भी चलते हैं।

चक्रपालित: *(प्रवेश करके)* धन्य वीर! तुमने क्षत्रिय का सिर ऊँचा किया है। बन्धुवर्म्मा। आज तुम महान हो, हम तुम्हारा अभिनन्दन करते हैं। रण में, वन में, विपत्ति में, आनन्द में, हम सब महाभागी होंगे। धन्य तुम्हारी जननी-जिसने आर्य राष्ट्र का ऐसा शुर सैनिक उत्पन्न किया।

बन्धुवर्म्मा: स्वागत चक्र। मालेश्वरी की जय हो। अब हम सब सैनिक जाते हैं।

चक्रपालित: ठहरी बन्धु। एक सुखद समाचार सुन लो। पिताजी का अभी-अभी पत्र आया है कि सौराष्ट्र के शेकों को निर्मुल करके परम भट्टारक मालव के लिए प्रस्थान कर चुके हैं।

बन्धुवर्म्मा: सम्भवतः महाराजपुत्र उत्तरापथ की सीमा की रक्षा करेंगे।

चक्रपालित: ही बन्धु !

देवसेना: चलो भाई, मैं भी तुम लोगों की सेवा करूँगी।

जयमालाः (*घुटने टेक कर*) मालवेश्वर की जय हो। प्रजा ने अपराध किया है, दण्ड दीजिए। पतिदेव! आपकी दासी क्षमा माँगती है। मेरी आँखें खुल गयीं। आज हमने जो राज्य पाया है, वह विश्व-साम्राज्य से भी ऊँचा है-महान है। मेरे स्वामी और ऐसे महान!। धन्य हूँ मैं...

(*बन्धुवर्म्मा सिर पर हाथ रखता है*)

(*दृश्यान्तर*)

षष्ठ दृश्य

(*पथ में भटार्क और उसकी माता*)

कमलाः तू मेरा पुत्र है कि नहीं?

भटार्कः माँ! संसार में इतना ही तो स्थिर सत्य है, और मुझे इतने पर ही विश्वास है। संसार के समस्त लांछनों का मैं तिरस्कार करता हूँ, किसलिए? केवल इसीलिए कि तू मेरी माँ है और वह जीवित है।

कमलाः और मुझे इसका दुख है कि मैं मर क्यों न गयी; मैं क्यों अपने कलंकपूर्ण जीवन को पालती रही। भटार्क। तेरी माँ को एक ही आशा थी कि पुत्र देश का सेवक होगा, म्लेच्छों से पद दलित भारतभूमि का उद्धार करके मेरा कलंक धो डालेगा; मेरा सिर ऊँचा होगा। परन्तु हाय।

भटार्कः माँ। तो तुम्हारी आशाओं को मैंने विफल किया? क्या मेरी खड्गलता आग के फूल नहीं बरसाली? क्या मेरे रण-नाद ब्रज ध्वनि के समान शत्रु के कलेजे नहीं कँपा देते? क्या तेरे भटर्क का लोहा भारत के क्षत्रिय नहीं मानते ?

कमलाः मानते हैं, इसी से तो और ग्लानि है।

भटार्कः घर लौट चलो माँ। ग्लानि क्यों है?

कमलाः इसलिए कि तू देशद्रोही है। तू राजकूल की शान्ति का प्रलय मेघ बन गया, और तू साम्राज्य के कुचक्रियों में से एक है। ओह! नीच! कृतघ्न !! कमला कलंकिनी हो सकती है, परन्तु यह नीचता, कृतघ्नता, उसके रक्त में नहीं। (*रोती है*)

(विजयी का प्रवेश)

विजयाः माता! तुम क्यों रो रही हो? *(भटार्क की ओर देखकर)* और यह कौन? क्यों जी। तुमने इस वृद्धा का क्यों अपमान किया है?

कमलाः देवी! यह मेरा पुत्र था।

विजयाः था! क्या अब नहीं?

कमलाः नहीं, इसने महाबलाधिकृत होने के लालच में अपने हाथ पैर पाप-श्रृंखला में जकड़ दिए; अब, फिर भी उज्जयिनी में आया है किसी षड्यन्त्र के लिए।

विजयाः कौन, तुम महाबलाधिकृत भटार्क हो? और तुम्हारी माता की यह दीन दशा।

कमलाः ना बेटी! उसे कुछ मत कहो, मैं स्वयं इसका ऐश्वर्य त्याग कर चली आई हूँ। महाकाल के मन्दिर में भिक्षा ग्रहण कर इसी उज्जयिनी में पड़ी रहूँगी, परन्तु इससे...

भटार्कः माँ! अब और लज्जित न करो। चलो घर चलो।

विजयाः *(स्वागत)* आह! कैसी वीरत्व व्यंजक मनोहर मूर्ति है। और गुप्त साम्राज्य का महाबलाधिकृत।

कमलाः इस पिशाच ने छलने के लिए रूप बदला है। सम्राट का अभिषेक होने वाला है, यह उसी में कोई प्रपंच रचने आया है। मेरी कोई न सुनेगा, नहीं तो मैं स्वयं इसे दण्डनायक को समर्पित कर देती।

(सहसा, मातृगुप्त, मुदुगल और गोविन्दगुप्त का प्रवेश।)

मुद्गलः कौन ! भटार्क !

मातृगुप्तः अरे यहाँ भी।

(भटार्क तलवार निकलता है, गोविन्दगुप्त उसके हाथ से तलवार छीन लेते हैं)

मुद्गलः महाराजपुत्र गोविन्दगुप्त की जय हो।

गोविन्दगुप्तः कृतघ्न। वीरता उन्माद नहीं है, आँधी नहीं है, जो उचित अनुचित का विचार न करती हो। केवल शस्त्रबल पर टिकी हुई वीरता बिना पैर की होती है। उसकी दृढ़ भित्ति है-न्याय। तू उसे कुचलने पर सिर ऊँचा उठाकर नहीं रह सकता। मातृगुप्त। बन्दी करो इसे। *(कमला की ओर घूमकर)* और तुम कौन हो भद्रे ?

कमलाः मैं इस कृतघ्न की माता हूँ। अच्छा हुआ, मैं तो स्वयं वही विचार करती थी।

गोविन्दगुप्तः यह तो मैंने अपने कानों से सुना। धन्य हो देवी। तुम जैसी जननियाँ जब तक उत्पन्न होंगी, तब तक आर्यराष्ट्र का विनास असम्भव है। *(विजया को इंगित कर)* और वह युवती कौन है?

कमलाः मुझे सहायता देती थी, कोई अभिजात कुल की कन्या है। इसका कोई अपराध नहीं।

मुद्गलः अरे राम! यह भी कोई अवश्य भयानक स्त्री होगी।

मातृगुप्तः परन्तु यह अपना कोई परिचय भी नहीं दे रही है।

विजयाः मैं अपराधिनी हूँ, मुझे बन्दी करो।

भटार्कः यह क्यों, इस युवती से तो मैं परिचित भी नहीं हूँ; इसका कोई अपराध नहीं।

विजयाः *(स्वगत)* ओह। इस आनन्द महोत्सव में मुझे कौन पूछता है, मैं मालव में अब किस काम की हूँ! जिसके भाई ने समस्त राज्य को अर्पण कर दिया है वह देवसेना और कहाँ मैं! तब तो मेरा यही... *(भटार्क की ओर देखती है)*

गोविन्दगुप्तः भद्रे ! तुम अपना स्पष्ट परिचय दो।

विजयाः मैं अपराधिनी हूँ।

मातृगुप्तः परन्तु तुम्हारा और भी कोई परिचय है?

विजयाः यही कि मैं बन्दी होने की अभिलाषिनी हूँ।

कमलाः वत्से। तुम अकारण क्यों दुःख उठाती हो?

विजयाः मेरी इच्छा। मुझे बन्दी कीजिए। मैं अपना परिचय न्यायाधिकरण में दूँगी। यहाँ मैं कुछ न कहूँगी। मेरा यहाँ अपमान किया जायेगा तो आर्यराष्ट्र के नाम पर मैं तुम लोगों पर अभियोग लगाऊँगी।

गोविन्दगुप्तः भटार्क ! यदि तुम्हीं कुछ कहते–

भटार्कः मैं कुछ नहीं जानता कि यह कौन है। मुझे भी विलम्ब हो रहा है, शीघ्र न्यायाधिकरण में ले चाहिए।

मुद्गलः और वृद्धा कमला ?

गोविन्दगुप्तः यह बन्दी नहीं है, परन्तु एक बार स्कन्द के समक्ष उसे चलना होगा।

मातृगुप्तः तो फिर सब चलें, अभिषेक का समय भी समीप है।

(सब जाते हैं)

(दृश्यान्तर)

सप्तम दृश्य

राज्यसभा

(बन्धुवर्म्मा, भीमवर्म्मा, मातृगुप्त तथा मुदुगल के साथ स्कन्दगुप्त का एक ओर से और दूसरी ओर से गोविन्दगुप्त का प्रवेश)

स्कन्दगुप्तः *(बीच में खड़ा होकर)* तात! कहाँ थे? इस बालक पर अकारण क्रोध करके कहाँ छिपे थे?

(चरण-वन्दना करता है)

गोविन्दगुप्तः उठो वत्स! आर्य चन्द्रगुप्त की अनुपम प्रतिकृति ! गुप्तकुल तिलक ! भाई से मैं रूठ गया था, परन्तु तुमसे कदापि नहीं। तुम मेरे आत्मा हो वत्स ! *(आलिंगन करता है)*

(अनुचारियों के साथ देवकी का प्रवेश, स्कन्द देवकी की चरण वन्दना करता है)

देवकीः वत्स। चिरविजयी हो। देवता तुम्हारे रक्षक हो। महाराजपुत्र इसे आशीर्वाद दीजिए कि गुप्तकुल के गुरुजनों के प्रति यह विनयशील रहे।

गोविन्दगुप्तः महादेवी। तुम्हारी कोख से पैदा हुआ यह रत्न, यह गुप्तकुल के अभिमान का चिन्ह, सदैव यशोमण्डित रहेगा।

स्कन्दगुप्तः *(बन्धुवर्म्मा से)* मित्र मालवेश। बढ़ों, सिंहासन पर बठो। हम लोग तुम्हारा अभिनन्दन करें।

(जयमाला और देवसेना का प्रवेश)

जयमालाः देव! यह सिंहासन आपका है, मालवेश का इस पर कोई अधिकार नहीं। आर्यावर्त के सम्राट के अतिरिक्त अब दूसरा कोई मालव के सिंहासन पर नहीं बैठ सकता।

(तुमुल ध्वनि- 'जत मालव')

बन्धुवर्म्माः *(हँसकर)* सम्राट! अब तो मालेश्वरी ने स्वयं सिंहासन त्याग दिया है, और मैं उनहें दे चुका था, इसलिए अब सिंहासन ग्रहण करने में विलम्ब न कीजिए।

गोविन्दगुप्तः वत्स! इन आर्य-जाति के रत्नों की कौन सी प्रशंसा करूँ। इनका स्वार्थ त्याग दधीचि के दान से कम नहीं। बढ़ो, वत्स। सिंहासन पर बैठो, मैं तुम्हारा तिलक करूँ।

स्कन्दगुप्तः तात ! विपत्तियों के बादल घिर रहे हैं; अन्तर्विद्रोह की ज्वाला प्रज्वलित है; ऐसे समय में केवल एक सैनिक बन सकूँगा, सम्राट नहीं।

गोविन्दगुप्तः आज आर्य जाति का प्रत्येक बच्चा सैनिक है, सैनिक छोड़कर और कुछ नहीं। आर्य-कन्याएँ अपहरण की जाती हैं, हूणों के विकट ताण्डव से पवित्र भूमि पदाक्रान्त है; कहीं देवता की पूजा नहीं होती, सीमा की बर्बर जातियों की राक्षसी-वृत्ति का प्रचण्ड पाखण्ड फैला है। ऐसे समय आर्य जाति तुम्हें पुकारती है-सम्राट् होने के लिए नहीं, उद्धार-युद्ध में सेनानी बनने के लिए-सम्राट् ।

(गोविन्दगुप्त और बन्धुवर्म्मा हाथ पकड़कर स्कन्दगुप्त को सिंहासन पर बैठाते हैं। भीमवर्म्मा छत्र लेकर बैठता है। देवसेना चँवर करती है। गरुड़ध्वज लेकर बन्धुवर्म्मा खड़े होते हैं। देवकी राजतिलक करती है। गोविन्दगुप्त-खड्ग का उपहार देते हैं। चक्रपालित गरुड़ांकित राजदण्ड देता है)

गोविन्दगुप्तः परम भट्टारक महाराजाधिराज स्कन्दगुप्त की जय हो।

(सब समवेत स्वर से) *जय हो।*

बन्धुवर्म्मा: आर्य-साम्राज्य के महाबलाधिकृत महाराजपुत्र गोविन्दगुप्त की जय हो। *(सब वैसा ही कहते हैं)*

स्कन्दगुप्तः आर्य ! इस गुरुभार उत्तरदायित्व का सत्य के साथ पालन कर सकूँ, और आर्यराष्ट्र की रक्षा में सर्वस्व अर्पण कर सकूँ, आप लोग इसके लिए भगवान से प्रार्थना कीजिए और आशीर्वाद दीजिए कि स्कन्दगुप्त अपने कर्तव्य से, स्वदेश-सेवा से, कभी विचलित न हो।

गोविन्दगुप्तः सम्राट् परमात्मा की असीम अनुकम्पा से आपका उद्देश्य सफल हो। आज गोविन्द ने अपना कर्तव्य पालन किया। वत्स बन्धुवर्म्मा । तुम इस नवीन आर्यराष्ट्र के संस्थापक हो। तुम्हारे इस आत्म त्याग की गौरवगाथा आर्य-जाति का मुख उज्जवल करेगी। वीर! इस वृद्ध में साम्राज्य के महाबलाधिकृत होने की क्षमता नहीं, तुम्हीं इसके उपयुक्त हो।

बन्धुवर्म्मा: अभी नहीं आर्य। आपके चरणों में बैठकर यह बालक स्वदेश-सेवा की शिक्षा ग्रहण करेगा। मालव का राजकुटुम्ब, एक-एक बच्चा, आर्य जाति के कल्याण के लिए जीवन उत्सर्ग करने को प्रस्तुत है। आप जो आज्ञा देंगे, वहीं होगा।

(धन्य! धन्य! का घोष)

स्कन्दगुप्तः तात ! पर्णदत्त इस समय नहीं है। चक्रपालित-सम्राट्। वह 'सौराष्ट्र' की चंचल राष्ट्रनीति की देख-रेख में लगे हैं।

(कुमारदास रूपी धातुसेन का प्रवेश)

मातृगुप्तः सिंहल के युवराज कुमार धातुसेन की जय हो !

(सब आश्चर्य से देखते हैं)

स्कन्दगुप्तः कुमारदास, सिंहल के युवराज धातुसेन ।

मातृगुप्तः हाँ, महाराजाधिराज !

स्कन्दगुप्तः अद्भुत। वीर युवराज। तुम्हारा स्नेह क्या कभी भूल सकता हूँ? आओ, स्वागत ?

(सब मंचों पर बैठते हैं)

गोविन्दगुप्तः बन्दियों को ले आओ।

(सैनिकों के साथ भटार्क, शर्वनाग, विजया तथा कमला का प्रवेश)

स्कन्दगुप्तः क्यों शर्व! तुम क्या चाहते हो?

शर्वनागः मुझे वध की आज्ञा दीजिए, मेरे जैसे नीच के लिए और कोई दण्ड नहीं है।

स्कन्दगुप्तः नहीं, मैं तुम्हें इससे भी कड़ा दण्ड दूँगा, जो वध से भी उग्र होगा।

शर्वनागः वही हो सम्राट! जितनी यन्त्रणा से यह पापी प्राण निकाला जाय, उतना ही उत्तम होगा।

स्कन्दगुप्तः परन्तु मैं तुम्हें मुक्त करता हूँ, क्षमा करता हूँ। तुम्हारे अपराध ही तुम्हारे मर्मस्थल पर सैकड़ों बिच्छुओं के डंक की चोट करेंगे। आजीवन तुम उसी यन्त्रणा को भोगो, क्योंकि रामा-साध्वी रामा-को मैं अपनी आज्ञा से विधवा न बनाऊँगा। सती रामा! तेरे पुण्य से आज तेरा पति मृत्यु से बचा।

(रामा सम्राट का पैर पकड़ती है)

शर्वनागः दुहाई सम्राट की। मेरे वध की आज्ञा दीजिए, नहीं तो आत्महत्या करूँगा। ऐसे देवता के प्रति मैंने दुराचरण किया था। ओह!

(छुरी निकालना चाहता है)

स्कन्दगुप्तः ठहरो शर्व! मैं तुम्हें आजीवन बन्दी बनाऊँगा।

(रामा आश्चर्य और दुःख से देखती है)

स्कन्दगुप्तः शर्व। यहाँ आओ।

(शर्व समीप आता है)

देवकीः वत्स इसे किसी विषय का शासक बनाकर भेजो, जिसमें दुखिया गमा को किसी प्रकार का कष्ट न हो।

सबः महादेवी की जय हो।

स्कन्दगुप्तः शर्व। तुम आज से अन्तर्वेद के विषयपति नियत किये गये। यह लो *(खड्ग देता है)*।

शर्वनागः (रुद्ध कण्ठ से) सम्राट्। देवता! आपकी जय हो। *(देवकी के पैर पर गिरकर)* माँ मुझे क्षमा करो, मैं मनुष्य से पशु हो गया था। अब तुम्हारी ही दया से मैं मनुष्य हुआ। आशीर्वाद दो जगद्धात्री कि मैं देव-चरणों में आत्मबलि देकर जीवन सफल करूँ।

देवकीः उठो। क्षमा पर मनुष्य का अधिकार है, वह पशु के पास नहीं मिलती। प्रतिहिंसा पाशव-धर्म है। उठो, मैं तुम्हें क्षमा करती हूँ।

(शर्व खड़ा होता है)

स्कन्दगुप्तः भटार्क ! तुम गुप्त-साम्राज्य के महाबलाधिकृत नियत किए गए थे, और तुम्हीं साम्राज्य-लक्ष्मी महादेवी की हत्या के कुचर्क में सम्मिलित थे। यह तुम्हारा अक्षम्य अपराध है।

भटार्कः मैं केवल राजमाता की आज्ञा का पालन करता था।

देवकीः क्यों भटार्क। तुम यह उत्तर सच्चे हृदय से देते हो? क्या ऐसा कहकर तुम स्वयं अपने को धोखा देते हुए औरों को भी प्रवंचित नहीं कर रहे हो?

भटार्कः अपराध हुआ। *(सिर नीचा कर लेता है)*

स्कन्दगुप्तः तुम्हारे खड्ग पर साम्राज्य को भरोसा था। तुम्हारे हृदय पर तुम्हीं को भरोसा न रहे, यह बड़े धिक्कार की बात है, तुम्होरा इतना पतन ?

(भटार्क स्तब्ध रहता है, विजया की ओर देखकर) और तुम विजया? तुम क्यों इसमें–

देवसेनाः सम्राट् ! विजया मेरी सखी है।

विजयाः परन्तु मैंने भटार्क को वरण किया है।

जयमालाः विजय !

विजयाः कर चुकी देवी।

देवसेनाः उसके लिए दूसरा उपाय न था राजाधिराज। प्रतिहिंसा मनुष्य को इतना नीचे गिरा सकती है। परन्तु विजया तूने शीघ्रता की।

(स्कन्दगुप्त-विजया की ओर देखते हुए विचार में पड़ जाता है)

गोविन्दगुप्तः *(कमला को इंगित कर)* यह वृद्धा इसी कृतघ्न मटार्क की माता है। भटार्क के नीच कर्म से दुखी होकर यह उज्जयनि चली आई है।

स्कन्दगुप्तः परन्तु विजया, तुमने यह क्या किया ?

देवसेनाः *(स्वागत)* आह! जिसकी मुझे आशंका थी, वही है। विजया! आज तू हार कर भी जीत गयी।

देवकीः वत्स। आज तुम्हारे शुभ महाभिषेक में एक बूँद भी रक्त न गिरे। तुम्हारी माता की यही मंगल कामना है कि तुम्हारा शासन-दण्ड क्षमा के संकेत पर चला करे। आज में सबके लिए ये क्षमाप्रार्थिनी हूँ।

धातुसेनः आर्यनारी सती! तुम धन्य हो। इसी गौरव से तुम्हारे देश का सिर ऊँचा रहेगा।

स्कन्दगुप्तः जैसी माता की इच्छा–

मातृगुप्तः परमेश्वर परम भट्टारक महाराजधिराज श्री स्कन्दगुप्त की जय !

(समवेत स्वर में जयघोष)

(यवनिका)

तृतीय अंक

प्रथम दृश्य

(शिप्रा-तट)

प्रपंचबुद्धिः सब विफल हुआ। इस दुरात्मा स्कन्दगुप्त ने मेरी आशाओं के भण्डार पर अर्गला लगा दी। कुसुमपुर में पुरगुप्त, और अनन्तदेवी अपने विडम्बना के दिन बिता रहे हैं। भटार्क भी बन्दी हुआ, उसके प्राणों की रक्षा नहीं। क्रूर कर्मों की अवतारणा से भी एक बार सद्धर्म के उठाने की आकांक्षा थी, परन्तु वह दूर गया। *(कुछ सोचकर)* उग्रतारा की साधना से विकट से भी विकट कार्य सिद्ध होते हैं, तो फिर इस महाकाल के महाश्मशान से बढ़कर कौन उपर्युक्त स्थान होगा। चलूँ– *(जाना चाहता है। भटार्क का प्रवेश)*

भटार्कः भिक्षुशिरोमणे ! प्रणाम !

प्रपंचबुद्धिः कौन, भटार्क? अरे मैं स्वप्न देख रहा हूँ क्या?

भटार्कः नहीं आर्य, मैं जीवित हूँ।

प्रपंचबुद्धिः उसने तुम्हें सूली पर नहीं चढ़ाया ?

भटार्कः नहीं, उससे बढ़कर।

प्रपंचबुद्धिः क्या ?

भटार्कः मुझे अपमानित करके क्षमा किया। मेरी वीरता पर एक दुर्वह उपकार का बोझ लाद दिया।

प्रपंचबुद्धिः तुम मूर्ख हो। शत्रु से बदला लेने का उपाय करना चाहिए, न कि उसके उपकारों का स्मरण।

भटार्कः मैं इतना नीच नहीं हूँ।

प्रपंचबुद्धिः परन्तु मैं तुम्हारी प्रवृत्ति जानता हूँ। तुम इतने उच्च भी नहीं हो। चलो एकान्त में बात करें। कोई आता है। *(दोनों जाते हैं। विजया का प्रवेश)*

विजयाः मैं कहाँ जाऊँ। उस उच्छृंखल वीर को मैं लोहनश्रृंखला पहना सकूँगी? उसे अपने बाहु-पाश में जकड़ सकूँगी? हृदय के विकल मनोरथ! आह।

(गाती है)

उमड़ कर चली भिगोने आज
तुम्हारा निश्चल अंचल छोर
नयन जल-धारा रे प्रतिकूल
देख ले तू फिरकर इस ओर
हृदय की अन्तरतम मुस्क्यान
कल्पनामय तेरा यह विश्व
लालिमा में लय हो लवलीन
निरखते इन आँखों की कोर

यह कौन ? ओ ! राजकुमारी !

(देवसेना का प्रवेश-दूर पर उसकी परिचारिकाएँ)

देवसेनाः विजया। सायंकाल का दृश्य देखने शिप्रा तट पर तुम भी गयी हो।

विजयाः हाँ राजकुमारी। *(सिर झुका लेती है)*

देवसेनाः विजया, अच्छा हुआ तुमसे भेंट हो गयी; मुझे कुछ पूछना था।

विजयाः पूछना क्या है?

देवसेनाः क्या जो तुमने किया है, उसे सोच-समझकर? कहीं तुम्हारे दम्भ ने तुमको छल तो नहीं लिया? तीव्र मनोवृत्ति के कशाघात ने तुम्हें विपथगामिनी तो नहीं बना दिया?

विजयाः राजकुमारी! मैं अनुगृहीत हूँ। उस कृपा को नहीं भूल सकती जो आपने दिखाई है। परन्तु अब और प्रश्न करके मुझे उत्तेजित करना ठीक नहीं।

देवसेनाः *(आश्चर्य से)* क्यों विजया। मेरे सखी-जनोचित सरल प्रश्नों में भी तुम्हें व्यंग्य सुनाई पड़ता है?

विजयाः क्या इसमें भी प्रमाण की आवश्यकता है? राजकुमारी। *(सरोष)* आज से मेरी ओर देखना मत। मुझे कृत्या, अभिशाप की ज्वाला समझना और...

देवसेनाः ठहरो, दम ले लो। सन्देह के गर्त में गिरने के पहले विवेक का अवलम्बन ले लो विजया ।

विजयाः हताश जीवन कितना भयानक होता है-यह नहीं जानती हो? उस दिन जिस तीखी छुरी को न रखने के लिए मेरी हँसी उड़ाई जा रही थी, मैं समझती हूँ कि उसे रख लेना मेरे लिए आवश्यक था। राजकुमारी। मुझे न छेड़ना। मैं तुम्हारी शत्रु हूँ। *(क्रोध से देखती है)*

देवसेनाः *(आश्चर्य से)* क्या कह रही हो?

विजयाः वही जो तुम सुन रही हो।

देवसेनाः वह तो जैसे उन्मत्त का प्रलाप था, अकस्मात् स्वप्न देखकर जग जाने वाले प्राणी की कुतूहल-गाथा थी। विजया! क्या मैंने तुम्हारे सुख में बाधा दी? मैंने तो तुम्हारे मार्ग को स्वच्छ करने के सिवा रोड़े न बिछाये।

विजयाः उपकारों की ओट में मेरे स्वर्ग को छिपा दिया, मेरी कामना-लता को समूल उखाड़ कर कुचल दिया!

देवसेनाः शीघ्रता करने वाली स्त्री! अपनी असावधानी का दोष दूसरे पर न फेंक। देवसेना मूल्य देकर प्रणय नहीं लेना चाहती है...। अच्छा, इससे क्या? *(जाती है)*

विजयाः जाती हो, परन्तु सावधान !

(भटार्क और प्रपंचबुद्धि का प्रवेश)

भटार्कः विजया ! तुम कब आयी हो?

विजयाः अभी-अभी तुम्हीं को तो खोज रही थी। *(प्रपंचबुद्धि को देखकर)* आप कौन हैं?

भटार्कः 'योगाचर संघ' के प्रधान-श्रमण आर्य प्रपंचबुद्धि ।

(विजया नमस्कार करती है)

प्रपंचबुद्धिः कल्याण हो देवि ! भटार्क से तो तुम परिचित सी-हो, परन्तु मुझे तो जान जाओगी।

विजयाः आर्य! आपके अनुग्रह-लाभ की बड़ी आकांक्षा है।

प्रपंचबुद्धिः शुभे ! प्रज्ञापारमिता-स्वरूपा तारा तुम्हारी रक्षा करे! क्या तुम सद्धर्म की सेवा के लिए कुछ उत्सर्ग कर सकोगी?

(कुछ सोचकर) तुम्हारे मनोरथ पूर्ण होने में विघ्न और विलम्ब है। इसलिए तुम्हें अवश्य धर्माचरण करना होगा।

विजयाः आर्य! मेरा भी एक स्वार्थ है।

प्रपंचबुद्धिः क्या?

विजयाः राजकुमारी देवसेना का अन्त !

प्रपंचबुद्धिः और मुझे उग्रतारा की साधना के लिए महाश्मशान में एक राजबलि चाहिए !

भटार्कः यह तो अच्छा सुयोग है।

विजयाः उसे श्मशान तक ले आना तो मेरा काम है; आगे मैं कुछ न कर सकूँगी।

प्रपंचबुद्धिः सब हो जायेगा। उग्रतारा की कृपा से सब कुछ सुसम्पन्न होगा।

भटार्कः परन्तु मैं कृतघ्नता से कलंकित होऊँगा, और स्कन्दगुप्त से मैं किस मुँह से.... नहीं, नहीं....

प्रपंचबुद्धिः सावधान ! भटार्क ! अलग ले जाकर इतना समझाया फिर भी...! तुम पहले अनन्तदेवी और पुरगुप्त से प्रतिश्रुति हो चुके हो।

भटार्कः ओह! पाप-पंक में लिप्त मनुष्य की छुट्टी नहीं! कुकर्म उसे जकड़ कर अपने नागपाश में बाँध लेता है! दुर्भाग्य!

(सबका प्रस्थान)

मातृगुप्तः *(ओट से निकलकर)* भयानक कुचक्र ! एक निर्मल कुसुम-कली को कुचलने के लिए इतनी बड़ी प्रतारणा की चक्की? मनुष्य! तुझे हिंसा का उतना ही लोभ है, जितना एक भूखे भेड़िये को! तब भी तेरे पास उससे कुछ विशेष साधन हैं-छल, कपट, विश्वासघात, कृतघ्नता और पैने अस्त्र। इनसे भी बढ़कर प्राण लेने की कला-कुशलता। देखा जायेगा; भटार्क ! तुम जाते कहाँ हो!

(जाता है)

(दृश्यान्तर)

द्वितीय दृश्य

(श्मशान में साधक-रूप से प्रपंचबुद्धि। दूर स्कन्दगुप्त आता है)

स्कन्दगुप्तः इस साम्राज्य का बोझ किसके लिए? हृदय में अशान्ति, राज्य में अशान्ति, परिवार में अशान्ति ! केवल मेरे अस्तित्व से? मालूम होता है कि सबकी विश्व-भर की शान्ति-रजनी में मैं ही धूमकेतु हूँ, यदि मैं न होता, तो यह संसार अपनी स्वाभाविक गति से, आनन्द से, चला करता। परन्तु मेरा तो निज का कोई स्वार्थ नहीं, हृदय के एक-एक कोने को छान डाला-कहीं भी कामना की वन्या नहीं; बलवती आशा की आँधी नहीं चल रही है। केवल गुप्त-सम्राट् के वंशधर होने

की दयनीय दशा ने मुझे इस रहस्यपूर्ण क्रिया-कलाप में संलग्न रखा है। कोई भी मेरे अन्तःकरण का आलिंगन करके न रो सकता है, और न तो हँस सकता है। तब भी विजया...? ओह! उसे स्मरण करके क्या होगा। जिसे हमने सुख-शर्वरी की सन्ध्या तारा के समान पहले देखा, वही उल्कापिण्ड होकर दिगन्त-दाह करना चाहती है। विजया! तूने क्या किया ! *(प्रपंचबुद्धि को देखकर)* ओह! कैसा भयानक मनुष्य है! कैसी क्रूर आकृति है! मूर्तिमान पिशाच है! अच्छा, मातृगुप्त तो अभी तक नहीं आया। छिपकर देखूँ।

(छिपता है)

(विजया के साथ देवसेना का प्रवेश)

देवसेनाः आज फिर तुम किस अभिप्राय से आयी हो?

विजयाः और तुम राजकुमारी? क्या तुम इस महाबीभत्स श्मशान में आने से नहीं डरती हो?

देवसेनाः संसार का मूक शिक्षक 'श्मशान' क्या डरने की वस्तु है? जीवन की नश्वरता के साथ ही सर्वात्मा के उत्थान का ऐसा सुन्दर स्थल और कौन है?

(नेपथ्य से गान)

सब जीवन बीता जाता है
धूप-छाँह के खेल-सदृश सब.
समय भागता है प्रतिक्षण में,
नव-अतीत के तुषार-कण में,
हमे लगाकर भविष्य रण में
आप कहाँ छिप जाता है-सब.
बुल्ले, लहर, हवा के झोंके,
मेघ और बिजली के टोंके,
किसका साहस है कुछ रोके,
ज़ीवन का वह नाता है-सब.

वंशी को बस बज जाने दो,

मीठी मीड़ों को आने दो,

आँख बन्द करके गाने दो,

जो कुछ हमको आता है-सब।

विजयाः (*स्वगत*) भाव-विभोर दूर की रागिनी सुनती हुई यह कुरंगी-सी कुमारी... आह! कैसा भोला मुखड़ा है! नहीं, नहीं विजया! सावधान!

प्रतिहिंसा... (*प्रकट*) राजकुमारी! देखो, यह कोई बड़ा सिद्ध है, वहाँ तक चलोगी ?

देवसेनाः चलो, परन्तु मुझे सिद्ध से क्या प्रयोजन? जब मेरी कामनाएँ विस्मृति के नीचे दबा दी गयी हैं, तब वह चाहे स्वयं ईश्वर ही हो तो क्या? तब भी एक कुतूहल है! चलो-

(*विजया देवसेना को आगे कर प्रपंचबुद्धि के पास ले जाती है। और आप हट जाती है। ध्यान से आँख खोल कर प्रपंचबुद्धि उसे देखता है)*

प्रपंचबुद्धिः तुम्हारा नाम देवसेना है?

देवसेनाः (*आश्चर्य से*) हाँ, भगवन् !

प्रपंचबुद्धिः तुमको देवसेना के लिए शीघ्र प्रस्तुत होना होगा। तुम्हारी ललाटलिपि कह रही है कि तुम बड़ी भाग्यवती हो !

देवसेनाः कौन-सी देवसेवा ?

प्रपंचबुद्धिः यह नश्वर शरीर, जिसका उपभोग तुम्हारा प्रेमी भी न कर सका और न करने की आशा है, देवसेवा में अर्पित करो! उग्रतारा तुम्हारा परम-मंगल करेगी।

देवसेनाः (*सिहर उठती है*) क्या मुझे अपनी बलि देनी होगी? (*घूम कर देखती है*) विजया! विजया !!

प्रपंचबुद्धिः डरो मत, तुम्हारा सृजन इसीलिए था। नित्य की मोह-ज्वाला में जलने से तो यही अच्छा है कि तुम एक साधक का उपकार करती हुई अपनी ज्वाला शान्त कर दो!

देवसेनाः परन्तु... कापालिक ! एक और भी आशा मेरे हृदय में है। वह पूर्ण नहीं हुई है। मैं डरती नहीं हूँ, केवल उसके पूर्ण होने की प्रतीक्षा है।

विजया के स्थान को मैं कदापि न ग्रहण करूँगी। उसे भ्रम है, यदि वह छूट जाता....

प्रपंचबुद्धिः *(उठकर उसका हाथ पकड़ कर खड्ग उठाता है)* पर मुझे ठहरने का अवकाश नहीं। उग्रतारा की इच्छा पूर्ण हो!

देवसेनाः प्रियतम ! मेरे देवता युवराज !! तुम्हारी जय हो !

(सिर झुकाती है)

(पीछे से मातृगुप्त आकर प्रपंचबुद्धि– का हाथ पकड़ कर नेपथ्य में ले जाता है। देवसेना चकित होकर उपस्थित स्कन्दगुप्त का आलिंगन करती है)

(दृश्यान्तर)

तृतीय दृश्य

(मगध के राजमन्दिर में अनन्तदेवी, पुरगुप्त, विजया और भटार्क)

पुरगुप्तः विजय-पर-विजय! देखता हूँ कि एक बार वक्षुतट पर गुप्त साम्राज्य की पताका फिर फहरायेगी। गरुड़ध्वज वक्षु के रेतीले मैदान में अपनी स्वर्ण-प्रभा का विस्तार करेगा।

अनन्तदेवीः परन्तु तुमको क्या? निर्वीर्य निरीह बालक ! तुम्हें भी इसकी प्रसन्नता है? लज्जा के गर्त में डूब नहीं जाते-और भी छाती फुलाकर इसका आनन्द मानते हो !

विजयाः अहा! यदि आज राजाधिराज कहकर युवराज पुरगुप्त का अभिनन्दन कर सकती !

भटार्कः यदि मैं जीता रहा तो वह भी कर दिखाऊँगा !

(दौवारिक का प्रवेश)

दौवारिकः जय हो! एक चर आया है।

भटार्कः ले आओ।

(दौवारिक जाकर चर को लिवा लाता है)

चरः युवराज की जय हो !

भटार्कः तुम कहाँ से आये हो ?

चरः नगरहार के हूण-स्कन्धावार से।

भटार्कः क्या सन्देश है?

चरः सेनापति खिगिल ने पूछा है कि मगध की गुप्त परिषद् क्या कर रही है। उसने प्रचुर अर्थ लेकर भी मुझे ठीक समय पर धोखा दिया है। परन्तु स्मरण रहे कि अबकी हमारा अभियान सीधे कुसुमपुर पर होगा। स्कन्दगुप्त का साम्राज्य-ध्वंस तो पीछे होगा पहले कुसुमपुरी का मणि-रत्न-भण्डार लूटा जायेगा। प्रतिष्ठान और चरणाद्रि तथा गोपाद्रि के दुर्गपतियों को विद्रोह करने के लिए घन, परिषद् की आज्ञा से भेजा गया था, उसका क्या फल हुआ? अन्तर्वेद के विषयपति की कुटिल दृष्टि ने उस रहस्य का उद्घाटन करके वह धन भी आत्मसात् कर लिया और सहायता के बदले हम लोग प्रवंचित हुए, जिससे हूणों को सिन्धु का तट भी छोड़ देना पड़ा।

भटार्कः ओह! शर्वनाग ने बड़ी सावधानी से काम लिया। आचार्य प्रपंचबुद्धि का निधन होने से यह सब दुर्घटना हुई है। दूत! हूणराज से कहना कि पुरगुप्त को सम्राट बनाने में तुम्हें अवश्य सहायता करनी पड़ेगी।

चरः परन्तु उन्हें विश्वास कैसे हो?

भटार्कः मैं प्रमाण-पत्र दूँगा। हूणों को एक बार ही भारतीय सीमा से दूर करने के लिए स्कन्दगुप्त ने समस्त सामन्तों को आमन्त्रण दिया है। मगध की रक्षक सेना भी उसमें सम्मिलित होगी, और मैं ही उसका परिचालन करूँगा। वहीं इसका प्रत्यक्ष प्रमाण मिलेगा। और यह लो प्रमाण-पत्र। *(पत्र लिखकर देता है)*

पुरगुप्तः ठहरो।

अनन्तदेवीः चुप रहो !

दूतः तो यह उपहार भी साम्राज्ञी के लिए प्रस्तुत है।

(रत्नों से भरी हुई मंजूषा देता है)

भटार्कः और उत्तरापथ के समस्त धर्मसंघों के लिए क्या किया है?

दूतः आर्य महाश्रमण के पास मैं हो आया हूँ। समस्त सद्धर्म अनुयायी और संघ, स्कन्दगुप्त के विरुद्ध हैं। याज्ञिक क्रियाओं की प्रचुरता से उनका हृदय धर्मनाश के भय से घबरा उठा है। वे सब विद्रोह करने के लिए उत्सुक हैं।

भटार्कः अच्छा, जाओ। नगरहार के गिरिव्रज का युद्ध इसका निबटारा करेगा। हूणराज से कहना कि सावधान रहें, शीघ्र वहीं मिलूँगा।

(दूत प्रणाम करके जाता है)

पुरगुप्तः यह क्या हो रहा है!

अनन्तदेवीः तुम्हारे सिंहासन पर बैठने की प्रस्तावना है!

(सैनिक का प्रवेश)

सैनिकः महादेवी की जय हो !

भटार्कः क्या है?

सैनिकः कुसुमपुर की सेना जालन्धर से भी आगे बढ़ चुकी है। साम्राज्य के स्कन्धावार में शीघ्र ही पहुँच जाने की सम्भावना है।

पुरगुप्तः विजया। बहुत विलम्ब हुआ। एक पात्र....

(अनन्तदेवी संकेत करती है। विजया उसे पिलाती है)

भटार्कः मेरे अश्वों की व्यवस्था ठीक है न? मैं उसके पहले पहुँचूँगा।

सैनिकः परन्तु महाबलाधिकृत !

भटार्कः क्या ? कहो !

सैनिकः यह राष्ट्र का आपत्तिकाल है, युद्ध की आयोजनाओं के बदले हम कुसुमपुर में आपानकों का समारोह देख रहे हैं। राजधानी विलासिता का केन्द्र बन रही है। यहाँ मनुष्यों के लिए विलास के उपकरण बिखरे रहने पर भी अपर्याप्त है! नये-नये साधन और नवीन कल्पनाओं से भी इस विलासिता राक्षसी का पेट नहीं भर रहा है। भला मगध के विलासी सैनिक क्या करेंगे?

भटार्कः अबोध ! जो विलासी न होगा व भी क्या वीर हो सकता है? जिस जाति में जीवन न होगा वह विलास क्या करेगी? जाग्रत राष्ट्र में ही विलास और कलाओं का आदर होता है। वीर एक कान से तलवारों की और दूसरे से नूपुरों की झनकार सुनते हैं।

विजयाः बात तो यही है।

सैनिकः आप महाबलाधिकृत हैं, इसलिए मैं कुछ न कहूँगा?

भटार्कः नहीं तो?

सैनिकः यदि दूसरा कोई ऐसा कहता, तो मैं यही उससे कहता कि तुम देश के शत्रु हो !

भटार्कः *(क्रोध से)* हैं...

सैनिकः हाँ। यवनों से उधार ली हुई सभ्यता नाम की विलासिता के पीछे आर्य-जाति उसी तरह पड़ी है, जैसे कुलवधू को छोड़कर कोई नागरिक वेश्या के चरणों में। देश पर बर्बर हूणों की चढ़ाई और तिसपर भी यह निर्लज्ज आमोद ! जातीय जीवन के निर्वाणोन्मुख प्रदीप का यह दृश्य है। आह! जिस मगध देश की सेना सदैव नासीर में रहती थी, आर्य-चन्द्रगुप्त की वही विजयिनी सेना सबके पीछे निमन्त्रण आने पर साम्राज्य-सेना में जाय! महाबलाधिकृत? मेरी तो इच्छा होती है कि मैं आत्महत्या कर लूँ। मैं उस सेना का नायक हूँ, जिस पर गरुड़ध्वज की रक्षा का भार रहता था।

भटार्कः *(अपने क्रोध के मनोभाव दबा कर)* अच्छा, तुम यहीं मगध की रक्षा करना, मैं जाता हूँ।

सैनिकः हूँ, अच्छा तो यह खड्ग लीजिए, मैं आज से मगध की सेना का नायक नहीं। *(खड्ग रख देता है)*

पुरगुप्तः *(मद्यप की-सी चेष्टा बनाकर)* यह अच्छा किया, आओ मित्र। हम-तुम कादम्ब पियें। जाने दो इन्हें। इन्हें लड़ने दो!

अनन्तदेवीः *(भटार्क को संकेत करती हुई उठती है। और विजया से कहती है)* विजया! युवराज का मन बहलाओ !

(सैनिक तिरस्कार की दृष्टि से देखते हुए जाता है। भटार्क और अनन्तदेवी एक ओर। विजया और पुरगुप्त दूसरी ओर जाते हैं)

(दृश्यान्तर)

चतुर्थ दृश्य

(अवन्ती उपवन में जयमाला और देवसेना)

जयमालाः तू उदास है कि प्रसन्न, कुछ समझ में नहीं आता? जब तू गाती है तो तब मेरे भीतर की रागिनी रोती है और जब हँसती है तब जैसे विषाद् कर प्रस्तावना होती है!

पहली सखीः सम्राट् युद्ध-यात्रा में गये हैं और...

दूसरी सखीः तो क्या ?

देवसेनाः तुम सब भी भाभी के साथ मिल गयी हो। क्यों भाभी। गाऊँ वह गीत ?

जयमालाः मेरी प्यारी! तू गाती है। अहा! बड़ी-बड़ी आँखें तो बरसाती ताल-सी लहरा रही हैं! तू दुःखी होती है। ले, मैं जाती हूँ। अरी! तुम सब इसे हँसाओ। *(जाती हैं)*

देवसेनाः क्या महारथी हार कर भागे! अब तुम सब क्षुद्र सैनिकों की पारी है? अच्छा तो आओ।

पहली सखीः नहीं, राजकुमारी! मैं पूछती हूँ कि सम्राट् ने तुमसे कभी प्रार्थना की थी?

दूसरी सखीः हाँ, तभी तो प्रेम का सुख है!

तीसरी सखीः तो क्या मेरी राजकुमारी स्वयं प्रार्थिनी होंगी? उहूँ।

देवसेनाः प्रार्थना किसने की है, यह रहस्य की बात है। क्यों कहूँ? प्रार्थना हुई मालव की ओर से; लोग कहेंगे कि मालव देकर देवसेना का ब्याह किया जा रहा है।

पहली सखीः न कहो, तब फिर क्या-हरी-हरी कोंपलों को पट्टी में फूल खिल रहा है-और क्या !

देवसेनाः तेरा मुँह काला और क्या? निर्दय होकर आघात मत कर, मर्म बड़ा कोमल है। कोई दूसरी हँसी तुझे नहीं आती?

(मुँह फेर लेती है)

दूसरी सखीः लक्ष्यभेद ठीक हुआ-सा देखती हूँ!

देवसेनाः क्यों घाव पर नमक छिड़कती है? मैंने कभी उनसे प्रेम की चर्चा करके उनका अपमान नहीं होने दिया है। नीरव-जीवन और एकान्त-व्याकुलता, कचोटने का सुख मिलता है। जब हृदय में रुदन का स्वर उठता है, तभी संगीत की वीणा मिला लेती हूँ। उसी में सब छिप जाता है।

(देवसेना की आँखों से आँसू बहता है)

तीसरी सखीः हैं-हैं.... क्या तुम रोती हो? मेरा अपराध क्षमा करो !

देवसेनाः *(सिसकती हुई)* नहीं प्यारी सखी? आज ही मैं प्रेम के नाम पर जी खोलकर रोती हूँ, बस, फिर नहीं। यह एक क्षण का रुदन अनन्त स्वर्ग का सृजन करेगा।

दूसरी सखीः तुम्हें इतना दुःख है, मैं यह कल्पना भी न कर सकी थी।

देवसेनाः *(सँभलकर)* यहीं तू भूलती है। मुझे तो इसी में सुख मिलता है; मेरा हृदय मुझसे अनुरोध करता है, मचलता है, रूठता है, मैं उसे मानती हूँ। आँखें प्रणय-कलह उत्पन्न कराती हैं, चित्त उत्तेजित करता है, बुद्धि झिड़कती है, कान कुछ सुनते ही नहीं! मैं। सबको समझाती हूँ, विवाद मिटाती हूँ। सखी! फिर भी मैं इसी झगड़ालू कुटुम्ब में गृहस्थी सँभाल कर, स्वस्थ होकर, बैठती हूँ।

तीसरी सखीः आश्चर्य! राजकुमारी! तुम्हारे हृदय में एक बरसाती नदी वेग से भरी है!

देवसेनाः कूलों में उफन कर बहने वाली नदी, तुमुल तरंग प्रचण्ड पवन और भयानक वर्षा! परन्तु उसमें भी नाव चलानी ही होगी।

(पहली सखी गाती है)

माँझी! साहस है? खेलोगे !
जर्जर तरी भरी पथिकों से–
झड़ में क्या खेलोगे?
अलस नील-घन की छाया में–
जलजालों की छल-माया में–
अपना बल तौलोगे !
अनजाने तट की मदमाती–
लहरें, क्षितिज चूमती आतीं!
ये झटके झेलोगे? माँझी....

(भीमवर्म्मा का प्रवेश)

भीमवर्म्मा: बहन ! शक-मण्डल से विजय का समाचार आया है!

देवसेनाः भगवान् की दया है!

भीमवर्म्मा: परन्तु महाराजपुत्र गोविन्दगुप्त वीरगति को प्राप्त हुए, यह बड़ा...

देवसेनाः वे धन्य हैं!

भीमवर्म्मा: वीर-शैया पर सोते-सोते उन्होंने अनुरोध किया कि महाराज बन्धुवर्म्मा गुप्त साम्राज्य के महाबलाधिकृत बनाये जायें, इसलिए अभी वे स्कन्धावार में ठहरेंगे। उनका आना अभी नहीं हो सकता। और भी कुछ सुना है देवसेना ?

देवसेनाः क्या ?

भीमवर्म्मा: सम्राट् ने तुम्हें बचाने का पुरस्कार-स्वरुप मातृगुप्त को कश्मीर का शासक बना दिया है। गान्धारवंशी राजा अब वहाँ नहीं हैं। कश्मीर अब साम्राज्य के अन्तर्गत हो गया है।

देवसेनाः सम्राट् की महानुभावता है। भाई! मेरे प्राणों का इतना मूल्य ?

भीमवर्म्मा: आर्य-साम्राज्य का उद्धार हुआ है। बहन! सिन्धु के प्रदेश से म्लेच्छ-राज्य ध्वस्त हो गया है। प्रवीर-सम्राट् स्कन्दगुप्त ने विक्रमादित्य की उपाधि धारण की है। गौ, ब्राह्मण और देवताओं की ओर कोई भी आततायी आँख उठाकर नहीं देखता। लौहित्य से सिन्धु तक

हिमालय की कन्दराओं में भी, स्वच्छन्दतापूर्वक सामगान होने लगा है। धन्य हैं हम लोग जो इस दृश्य को देखने के लिए जीवित हैं!

देवसेनाः मंगलमय भगवान् सब मंगल करेंगे। भाई, साहस चाहिए, कोई वस्तु असम्भव नहीं।

भीमवर्म्माः उत्तरापथ के सुशासन की व्यवस्था करके परम भट्टारक शीघ्र आवेंगे। मुझे अभी स्नान करना है। जाता हूँ।

देवसेनाः भाई! तुम अपने शरीर के लिए बड़े ही निश्चिन्त रहते हो। और कामों के लिए तो....

(भीम हँसता हुआ जाता है– मुद्गल का प्रवेश)

मुद्गलः जो है सो काणाम से करके, यह तो अपने से नहीं हो सकता। उर्दू जब कोई न मिला तो फूटे ढोल की तरह मेरे गले पड़ी।

देवसेनाः क्या है मुद्गल ?

मुद्गलः वही-वही, सीता की सखी मन्दोदरी की नानी त्रिजटा। कहाँ है मातृगुप्त ज्योतिषी की दुम ! अपने को कवि भी लगाता था! मेरी कुण्डली मिलाई या कि मुझे मिट्टी में मिलाया। शाप दूँगा। एक शाप ! दाँत पीसकर, हाथ उठाकर, शिखा खोलते हुए चाणक्य का लकड़दादा बन जाऊँगा। मुझे इस झंझट में फँसा दिया! उसने क्यों मेरा ब्याह कराया...

देवसेनाः तो क्या बुरा किया ?

मुद्गलः झख मारा, जो है सो काणाम से करके।

देवसेनाः अरे ब्याह भी तुम्हारा होता?

मुद्गलः न होता तो क्या इससे भी बुरा रहता? बाबा, अब तो मैं इस पर भी प्रस्तुत हूँ कि कोई इसको फेर ले। परन्तु यह हत्या कौन अपने पल्ले बाँधेगा।

(सब हँसती हैं)

देवसेनाः आज कौन-सी तिथि है? एकादशी तो नहीं है?

मुद्गलः हाँ, यजमान के घर एकादशी और मेरे पारण की द्वादशी, क्योंकि ठीक मध्याह्न में एकादशी के ऊपर द्वादशी चढ़ बैठती है, उसका गला दबा देती है, पेट पचकने लगता है।

देवसेनाः अच्छा, आज तुम्हारा निमन्त्रण है-तुम्हारी स्त्री के साथ।

मुद्गलः जो है सो देवता प्रसन्न हों, आपका कल्याण हो। फिर शीघ्रता होनी चाहिए। पुण्यकाल बीत न जाय... चलिए मैं उसे बुला लेता हूँ। *(जाता है)*

(सबका प्रस्थान)

(दृश्यान्तर)

पंचम दृश्य

(गान्धार की घाटी-रणक्षेत्र में)

(तुरही बजती है। स्कन्दगुप्त और बन्धुवर्म्मा के साथ सैनिकों का प्रवेश)

बन्धुवर्म्मा: वीरों! तुम्हारी विश्वविजययिनी वीर-गाथा सुर-सुन्दरियों की वीणा के साथ मन्द-ध्वनि से नन्दन में गूँज उठेगी। असीम साहसी आर्य-सैनिक ! तुम्हारे शस्त्र ने बर्बर हूणों को बता दिया है कि रणविद्या केवल नृशंसता नहीं है। जिनके आतंक से आज विश्वविख्यात रूम-साम्राज्य पादाक्रान्त है, उन्हें तुम्हारा लोहा मानना होगा और तुम्हारे पैरों के नीचे दबे हुए कण्ठ से उन्हें स्वीकार करना होगा कि भारतीय दुर्जेय वीर हैं! समझ लो-आज के युद्ध में प्रत्यावर्तन नहीं है। जिसे लौटना हो, अभी से लौट जाय।

सैनिक: आर्य-सैनिकों का अपमान करने का अधिकार महाबलाधिकृत को भी नहीं है। हम सब प्राण देने आये हैं खेलने नहीं।

स्कन्दगुप्तः साधु ! तुम यथार्थ ही जननी जन्मभूमि की संतान हो।

सैनिकः राजाधिराज श्री स्कन्दगुप्त विक्रमादित्य की जय।

(चर का प्रवेश)

चरः परम भट्टारक की जय हो।

स्कन्दगुप्तः क्या समाचार है?

चरः देव! हूण शीघ्र ही नदी पार होकर आक्रमण को प्रतीक्षा कर रहे हैं; परन्तु यदि आक्रमण न हुआ, तो स्वयं आक्रमण करेंगे।

बन्धुवर्म्मा: और कुभा के रणक्षेत्र का क्या समाचार है?

चरः मगध की सेना पर विश्वास करने के लिए मैं न कहूँगा। भटार्क की दृष्टि में पिशाच की मन्त्रणा चल रही है। खिंगिल के दूत भी आ-जा रहे हैं। चक्रपालित उस कूट-चक्र को तोड़ सकेंगे या नहीं, इसमें सन्देह है।

स्कन्दगुप्तः बन्धुवर्म्मा । तुम कुंभा के रणक्षेत्र की ओर जाओ, मैं यहाँ देख लूँगा।

बन्धुवर्म्मा: राजाधिराज ! मगध की सेना पर अधिकार रखना मेरे सामर्थ्य के बाहर होगा, और मालव की सेना आज नासीर में है। आज इस नदी की तीक्ष्ण धारा को लाल करके बहा देने की मेरी प्रतिज्ञा है। आज मालव का एक भी सैनिक नासी-सेना से न हटेगा।

स्कन्दगुप्तः बन्धु ! यह यश मुझसे मत छीन लो।

बन्धुवर्म्मा: परन्तु सबके प्राण देने के स्थान भिन्न हैं। यहाँ मालव की सेना मरेगी, दूसरे को यहाँ मरकर अधिकार जमाने का अधिकार नहीं। और बन्धुवर्म्मा मरने-मारने में जितना पटु है, उतना षड्यन्त्र में नहीं। आपके रहने से सौ बन्धुवर्म्मा उत्पन्न होंगे। आप शीघ्रता कीजिए।

स्कन्दगुप्तः बन्धुवर्म्मा। तुम बड़े कठोर हो।

बन्धुवर्म्मा: शीघ्रता कीजिए। यहाँ हूणों को रोकना मेरा ही कर्तव्य है, उसे मैं ही करुँगा। महाबलाधिकृत का अधिकार मैं न छोड़ूंगा। चक्रपालित वीर है, परन्तु अभी वह नवयुवक है; आपका वहाँ पहुँचना आवश्यक है। भटार्क पर विश्वास न कीजिए।

स्कन्दगुप्तः मैंने समझा कि हूणों के सम्मुख वह विश्वासघात न करेगा।

बन्धुवर्म्मा: ओह! जिस दिन ऐसा हो जायेगा, उस दिन कोई भी इधर आँख उठाकर न देखेगा। सम्राट् शीघ्रता कीजिए।

स्कन्दगुप्तः *(आलिंगन करता है)* मालवेश की जय !

बन्धुवर्म्मा: महाराजाधिराज श्री स्कन्दगुप्त की जय।

(चर के साथ स्कन्दगुप्त जाते हैं)

(नेपथ्य में रणवाद्य। शत्रुसेना आती हैं। हूणों की सेना से विकट युद्ध। हूणों का मरना। घायल होकर भागना। बन्धुवर्म्मा की अन्तिम अवस्था। गरूड़ध्वज टेक कर उसे चूमना)

बन्धुवर्म्माः *(दम तोड़ते हुए)* विजय ! तुम्हारी....विजय....! आर्य साम्राज्य की जय।

सबः आर्य साम्राज्य की जय।

बन्धुवर्म्माः भाई ! स्कन्दगुप्त से कहना कि मालव-वीर ने अपनी प्रतिज्ञा पूरी की; भीम और देवसेना उनकी शरण हैं।

सैनिकः महाराज! आप क्या कहते हैं। *(सब शोक करते हैं)*

बन्धुवर्म्माः बन्धुगण! यह रोने का नहीं, आनन्द का समय है। कौन वीर इसी तरह जन्मभूमि की रक्षा में प्राण देता है, यही मैं ऊपर से देखने जाता हूँ।

सैनिकः महाराज बन्धुवर्म्मा की जय।

(गरुड़ध्वज की छाया में बन्धुवर्म्मा की मृत्यु)

(दृश्यान्तर)

षष्ठ दृश्य

(दुर्ग के सम्मुख कुभा का रणक्षेत्र। चक्रपालित और स्कन्दगुप्त)

चक्रपालितः सम्राट् ! प्रतारणा की पराकाष्ठा। दो दिन से जानबूझकर शत्रु को उस पहाड़ी पर जमने का अवकाश दिया जा रहा है। आक्रमण करने से मैं रोका जा रहा हूँ। समस्त मगध की सेना उसके संकेत पर चल रही है।

स्कन्दगुप्तः चक्र ! कुभा में जल बहुत कम है, आज ही उतरना होगा। तुम्हें दुर्ग में रहना चाहिए। मैं भटार्क पर विश्वास तो करता ही नहीं, परन्तु उस पर प्रकट रूप से अविश्वास का भी समय नहीं रहा।

चक्रपालितः नहीं सम्राट् ! उसे बन्दी कीजिए। वह देखिए-आ रहा है।

भटार्कः *(प्रवेश करके)* राजाधिराज की जय हो !

स्कन्दगुप्तः क्यों सेनापति। यह क्या हो रहा है?

भटार्कः आक्रमण की प्रतीक्षा सम्राट् ।

स्कन्दगुप्तः या समय की ?

भटार्कः सम्राट् का मुझ पर विश्वास नहीं है, यह...।

चक्रपालितः विश्वास तो कहीं से क्रय नहीं किया जाता।

भटार्कः तुम अभी बालक हो!

चक्रपालितः दुराचारी। कृतघ्न! अभी मैं तेरा कलेजा फाड़ खाता; तेरा...।

भटार्कः सावधान ! अब मैं सहन नहीं कर सकता ।

(तलवार पर हाथ रखता है)

स्कन्दगुप्तः भटार्क ! यह बालक है। कूटमन्त्रणा, वाक्चातुरी नहीं जानता। चुप रहो चक्र।

(चक्रपालित और भटार्क सिर नीचा कर लेते हैं)

स्कन्दगुप्तः भटार्क ! प्रवंचना का समय नहीं है। स्मरण रखना-कृतघ्न और नीचों की श्रेणी में तुम्हारा नाम पहले रहेगा।

(भटार्क चुप रह जाता है)

स्कन्दगुप्तः युद्ध के लिए प्रस्तुत हो?

भटार्कः मेरा खड्ग साम्राज्य की सेवा करेगा।

स्कन्दगुप्तः अच्छा तो अपनी सेना लेकर तुम गिरसिंकट पर पीछे से आक्रमण करो और सामने से मैं आता हूँ। चक्र ! तुम दुर्ग की रक्षा करो।

भटार्कः जैसी आज्ञा । नगरहार के स्कन्धावार को भी सहायता के लिए कहला दिया जाय तो अच्छा हो।

स्कन्दगुप्तः चर गया है। तुम शीघ्र जाओ। देखो-सामने शत्रु दीख पड़ते हैं।

(भटार्क का प्रस्थान)

चक्रपालितः तो मैं बैठा रहूँ।

स्कन्दगुप्तः भविष्य अच्छा नहीं है चक्र। नगरहार से समय पर सहायता पहुँचती नहीं दिखाई देती। परन्तु यदि आवश्यकता हो, तो शीघ्र नगरहार की ओर प्रत्यावर्तन करना। मैं वहीं तुमसे मिलूँगा।

(चर का प्रवेश)

स्कन्दगुप्तः गान्धार युद्ध का क्या समाचार है?

चरः विजय। उस रणक्षेत्र में हूण नहीं रह गये। परन्तु सम्राट बन्धुवर्म्मा नहीं है।

स्कन्दगुप्तः आह बन्धु। तुम चले गये? धन्य हो वीर-हृदय *(शोक से बैठ जाता है)*

चक्रपालितः इसका समय नहीं है सम्राट, उठिए सेना आ रही है; इस समय यह समाचार नहीं प्रचारित करना है।

स्कन्दगुप्तः *(उठते हुए)* ठीक कहा।

(भटार्क के साथ सेना का प्रवेश)

स्कन्दगुप्तः देखो कुभा के उस बन्ध से सावधान रहना। आक्रमण में यदि असफलता हो, और शत्रु की दूसरी सेना कुभा को पार करना चाहे, तो उसे काट देना। देखो भटार्क तुम्हारे विश्वास का यही प्रमाण है।

भटार्कः जैसी आपकी आज्ञा।

(कुछ सैनिकों के साथ जाता है)

स्कन्दगुप्तः चक्र। दुर्ग-रक्षक सैनिकों को लेकर तुम प्रतीक्षा करना। हम इसी छोटी-सी सेना से आक्रमण करेंगे। तुम सावधान। देखो-हूण आ रहे हैं। उन्हें वहीं रोकना होगा।

(नेपथ्य में रण-वाद्य)

चक्रपालितः जैसी आज्ञा। *(जाता है)*

स्कन्दगुप्तः वीर मगध-सैनिको। आज स्कन्दगुप्त तुम्हारी परिचालना कर रहा है, यह ध्यान रहे, गरुड़ध्वज का मान रहे, भले ही प्राण जायें।

समय-सेनाः राजधिराज श्री स्कन्दगुप्त की जय।

(सेना बढ़ती है, ऊपर अस्त्र वर्षा होती है। घोर युद्ध के बाद हूण भागते हैं। साम्राज्य-सेना का जयनाद करते हुए शिखर पर अधिकार करना)

नायकः *(ऊपर देखता हुआ)* सम्राट्। आश्चर्य है, भागी हुई हूण-सेना कुंभा के उस पार उतर जाना चाहती है।

स्कन्दगुप्तः क्या कहा?

नायकः कुछ मगध-सेना भी वहाँ है, परन्तु वह तो जैसे उनका स्वागत कर रही हैं।

स्कन्दगुप्तः विश्वासघात । प्रतारणा! नीच भटार्क।

नायकः फिर क्या आज्ञा है?

स्कन्दगुप्तः दुर्ग की रक्षा होनी चाहिए। उस पार की हूण-सेना यदि आ गयी, तो कृतघ्न भटार्क उन्हें मार्ग बतावेगा। वीरों, शीघ्र उन्हें उसी पार रोकना होगा। अभी कुभा पार होने की सम्भावना है।

(नायक तुरही बजाता है, सैनिक इकट्ठे होते हैं)

स्कन्दगुप्तः *(घबराहट से देखते हुए)* शीघ्रता करो।

नायकः क्या ?

स्कन्दगुप्तः नीच भटार्क ने बाँध तोड़ दिया है, कुभा में जल बड़े वेग से बढ़ रहा है। चलो शीघ्र–

(सब उतरना चाहते हैं, कुभा में अकस्मात जल बढ़ जाता है; सब बहते हुए दिखाई देते हैं)

(अन्धकार)

(दृश्यान्तर)

चतुर्थ अंक

प्रथम दृश्य

(प्रकोष्ठ में विजया और अनन्तदेवी)

अनन्तदेवीः क्या कहा?

विजयाः मैं आज ही पासा पलट सकती हूँ। जो झूला ऊपर उठ रहा है, उसे एक झटके में पृथ्वी चूमने के लिए विवश कर सकती हूँ।

अनन्तदेवीः क्यों? इतनी उत्तेजना क्यों है? सुनूँ भी तो।

विजयाः समझ जाओ।

अनन्तदेवीः नहीं, स्पष्ट कहो।

विजयाः भटार्क मेरा है।

अनन्तदेवीः तो?

विजयाः उस राह से दूसरों को हटाना होगा।

अनन्तदेवीः कौन छीन रहा है?

विजयाः एक पाप-अंक में फँसी हुई निर्लज्ज नारी। क्या उसका नाम भी बताना होगा? समझो, नहीं तो साम्राज्य का स्वप्न गला दबा कर भंग कर दिया जायेगा।

अनन्तदेवीः *(हँसती हुई)* मुर्ख रमणी। तेरा भटार्क केवल मेरे कार्य-साधन का अस्त्र है, और कुछ नहीं। वह पुरगुप्त के ऊँचे सिंहासन की सीढ़ी है, समझी ?

विजयाः समझी, और तुम भी जान लो कि तुम्हारा नाश समीप है।

अनन्तदेवीः *(बात बनाती हुई)* क्या तुम पुरगुप्त के साथ सिंहासन पर बैठना चाहती हो? क्यों-वह भी तो कुमारगुप्त का पुत्र है?

विजयाः हाँ, वह कुमारगुप्त का पुत्र है; परन्तु वह तुम्हारे गर्भ से उत्पन्न है। तुमसे उत्पन्न हुई सन्तान-छिः।

अनन्तदेवीः क्या कहा? समझ कर कहना।

विजयाः कहती हूँ, और कहूँगी। प्रलोभन से, धमकी से, भय से, कोई भी मुझको भटार्क से वंचित नहीं कर सकता। प्रणय वंचिता स्त्रियाँ अपनी राह के रोड़े विघ्नों को दूर करने के लिए वज्र से भी दृढ़ होती है। हृदय को छीन लेने वाली स्त्री के प्रति हृतूसर्वस्वा रमणी पहाड़ी नदियों से भयानक, ज्वालामुखी के विस्फोट से वीभत्स और प्रलय की अनल शिखा से भी लहरदार होती है। मुझे तुम्हारा सिंहासन नहीं चाहिए। मुझे क्षुद्र पुरगुप्त के विलास-जर्जर मन और यौवन में जीर्ण शरीर का अवलम्ब वांछनीय नहीं। कहे देती हूँ, हट जाओ, नहीं तो तुम्हारी समस्त कुमन्त्रणा को एक फूँक में उड़ा दूँगी।

अनन्तदेवीः क्या! इतना साहस ! तुच्छ स्त्री। तू जानती है कि किसके साथ बात कर रही है? मैं वहीं हूँ-जो अश्वमेघ-पराक्रम कुमारगुप्त से, बालों को सुगन्धित करने के लिए गन्धचूर्ण मलवाती थी-जिसकी एक तीखी

कोर से गुप्त-साम्राज्य डाँवाडोल हो रहा है, उसे तुम...एक सामान्य स्त्री। जा-जा, ले अपने भटार्क को; मुझे ऐसे कीट पतंगों की आवश्यकता नहीं। परन्तु स्मरण रखना, मैं हूँ अनन्तदेवी। तेरी कूटनीति के कण्टकित कानन की दावाग्नि तेरे गर्व शैल श्रृंग का वज्र। मैं वह आग लगाऊँगी, जो प्रलय के समुद्र में भी न बुझे !

(जाती है)

विजयाः मैं कहीं की न रही! इधर भयानक पिशाचों को लीला-भूमि, उधर गम्भीर समुद्र ! दुर्बल रमणी-हृदय थोड़ी आँच में गरम और शीतल हाथ फेरते ही ठण्डा। क्रोध से अपने आत्मीय जनों पर विष उगल देना! जिनको क्षमा की आवश्यकता है- जिन्हें स्नेह के पुरस्कार की वांछा है, उनकी भूल पर कठोर तिरस्कार; जो पराये हैं, उनके साथ दौड़ती हुई सहानुभूति! यह मन का विष यह बदलने वाले हृदय की क्षुद्रता है। ओह। जब हम अनजान लोगों की भूल और दुःखों पर क्षमा या सहानुभूति प्रकट करते हैं, तो भूल जाते हैं कि यहाँ मेरा स्वार्थ नहीं है। क्षमा और उदारता वही सच्ची है जहाँ स्वार्थ की भी बलि हो। अपना अतुल धन और हृदय दूसरों के हाथ देकर चलूँ- कहाँ? किधर-(उन्मत-भाव से प्रस्थान करना चाहती है)

(पदच्युत नायक का प्रवेश)

नायकः शान्त हो।

विजयाः कौन है?

नायकः एक सैनिक ?

विजयाः दूर हो, मुझे सैनिकों से घृणा है।

नायकः क्यों सुन्दरी।

विजयाः क्रूर ! केवल अपने झूठे मान के लिए, बनावटी बड़प्पन के लिए, अपना दम्भ दिखलाने के लिए एक अनियन्त्रित हृदय का लोहों से खेल विडम्बना है। किसकी रक्षा किस दीन की सहायता के लिए तुम्हारे अस्त्र हैं।

नायकः साम्राज्य की रक्षा के लिए।

विजयाः झूठ ! तुम सबको जंगली हिंस्त्र पशु होकर जन्म लेना था। डाकू। थोड़े से ठोकरों के लिए अमूल्य मानव-जीवन का नाश करने वाले भयानक भेड़िये !

नायकः *(स्वागत)* पागल हो गयी है क्या?

विजयाः स्नेहमयी देवसेना की शंका से तिरस्कार किया, मिलते हुए स्वर्ग को घमण्ड से तुच्छ समझा, देवतुल्य स्कन्दगुप्त से विद्रोह किया, किसलिए? केवल अपना रूप, धन यौवन दूसरे को दान करके उन्हें नीचा दिखाने के लिए? स्वार्थपूर्ण मनुष्यों की प्रतारणा में पड़कर खो दिया-इस लोक का सुख, उस लोक की शान्ति। ओह!

नायकः शान्त हो।

विजयाः शान्ति कहाँ अपनों को दण्ड देने के लिए मैं स्वयं उनसे अलग हुई उन्हें दिखाने के लिए-'मैं भी कुछ हूँ।' अपनी भूल थी, उसे अभिमान से उनके सिर दोष के रूप में मढ़ रखा था। उन पर झूठा अभियोग लगाकर, नीच हृदय को नित्य उत्तेजित कर रही थी। अब उसका फल मिला।

नायकः रमणी। भुला हुआ लौट आता है, खोया हुआ मिल जाता है, परन्तु जो जानबूझकर भूल-भुलैया तोड़ने के अभिमान से उसमें घुसता है, वह उसी चक्रव्यूह में स्वयं मारता है, दूसरों को भी मारता है। शान्ति का कल्याण का मार्ग उन्मुक्त है। द्रोह को छोड़ दो, स्वार्थ को विस्मृत करो, सब तुम्हारा है।

विजयाः *(सिसकती हुई)* मैं अनाथ, निःसहाय हूँ।

नायकः *(बनावटी रूप उतारते)* मैं शर्वनाग हूँ। सम्राट का अनुचर हूँ। मगध की परिस्थिति देखकर अपने विषय अन्तर्वेद को लौट रहा हूँ।

विजयाः क्या अन्तर्वेद के विषयपति शर्वनाग?

शर्वनागः हाँ, परन्तु देश पर एक भीषण आतंक है। भटार्क की पिशाच लीला सफल होना चाहती है। विजया चलो, देश के प्रत्येक बच्चे बूढ़े और

युवक को उसकी भलाई में लगाना होगा; कल्याण का मार्ग प्रशस्त्र करना होगा आओ यदि हम राजसिंहासन न प्रस्तुत कर सकें तो हमें अधीन न होना चाहिए। हम देश की प्रत्येक गली को झाड़ू देकर ही इतना स्वच्छ कर दें कि उस पर चलने वाले राजमार्ग का सुख पायें।

विजयाः *(कुछ सोचकर)* तुमने सच कहा। सबको कल्याण के शुभागमन के लिए कटिबद्ध होना चाहिए। चलो–

(दोनों का प्रस्थान)

(दृश्यान्तर)

द्वितीय दृश्य

(भटार्क के शिविर में नर्तकी गाती है)

भाव-निधि में लहरियाँ उठतीं तभी,
भूल कर भी जब स्मरण होता कभी।
मधुर मुरली फूँक दी तुमने भला,
नींद मुझको आ चली थी बस अभी।
सब रंगों में फिर रही हैं बिजलियाँ,
नील नीरद क्या न बरसोगे कभी।
एक झोंका और मलयनिल अहा
क्षुद्र कलिका है खिली जाती अभी।
कौन मर-मर कर जियेगा इस तरह,
यह समस्या हल न होगी क्या कभी?

(कमला और देवकी का प्रवेश)

देवकीः भटार्क! कहाँ है मेरा सर्वस्व? बता दे—मेरे आनन्द का उत्सव, मेरी आशा का सहारा, कहाँ है?

भटार्कः कौन?

कमलाः कृतघ्न। नहीं देखता है, यह वही देवी हैं—जिन्होंने तेरे नारकीय अपराध को क्षमा किया था-जिन्होंने तुझसे घिनौने कीड़े को भी मरने से बचाया था, वहीं, वहीं देव-प्रतिमा महादेवी देवकी।

भटार्कः *(पहचानकर)* कौन? मेरी माँ।

कमलाः तू कह सकता है। परन्तु मुझे तुझको पुत्र कहने में संकोच होता है, लज्जा से गड़ी जा रही हूँ। जिस जननी की सन्तान-जिसका अभागा पुत्र-ऐसा देशद्रोही हो, उसको क्या मुँह दिखाना चाहिए? आह भटार्क!

भटार्कः राजमाता और मेरी माता!

देवकीः बता भटार्क! वह आर्यावर्त का रत्न कहाँ है? देश का बिना दाम का सेवक, वह जन-साधारण के हृदय का स्वामी, कहाँ है? उससे शत्रुता करते हुए तुझे...।

कमलाः बोल दे भटार्क ।

भटार्कः क्या कहूँ, कुभा की क्षुब्ध लहरों से पूछों, हिमवान की गल जाने वाली बर्फ से पूछो कि वह कहीं। मैं नहीं...।

देवकीः आह! गया मेरा स्कन्द !! मेरा प्राण !!!

(गिरती है, मृत्यु)

कमलाः *(उसे सँभालती हुई)* देख पिशाच। एक बार अपनी विजय पर प्रसन्नता से खिलखिला ले। नीच पुण्य-प्रतिभा को, स्त्रियों की गरिमा को, धूल में लोटता हुआ देखकर एक बार हृदय खोल कर हँस ले। हा देवी।

भटार्कः क्या! *(भयभीत होकर देखता है)*

कमलाः इस यन्त्रणा और प्रतारणा से भरे हुए संसार को पिशाचभूमि को छोड़कर अक्षय लोक को गयी, और तू जीता रहा-सुखी घरों में आग लगाने, हाहाकार मचाने और देश को अनाथ बनाकर उसकी दुर्दशा कराने के लिए नरक के कीड़े तू जीता रहा !!

भटार्कः माँ, अधिक न कहो साम्राज्य के विरुद्ध कोई अपराध करने का मेरा उद्देश्य नहीं था, केवल पुरगुप्त को सिंहासन पर बिठाने की प्रतिज्ञा से प्रेरित होकर मैंने यह किया। स्कन्दगुप्त न सही, पुरगुप्त सम्राट् होगा।

कमलाः अरे मुर्ख। अपनी तुच्छ बुद्धि को सत्य मानकर, उसके दर्प में भूल कर, मनुष्य कितना बड़ा अपराध कर सकता है। पामर तू सम्राटों का

	नियामक बन गया? मैंने भूल की; सूतिका-गृह में ही तेरा गला घोंट कर क्खों न मार डाला। आत्महत्या के अतिरिक्त अब कोई प्रायश्चित नहीं।
भटार्कः	माँ, क्षमा करो। आज से मैने शस्त्र-त्याग किया। मैं इस संघर्ष से अलग हूँ, अब अपनी दुर्बुद्धि से तुम्हें कष्ट न पहुँचाऊँगा *(तलवार डाल देता है)*
कमलाः	तूने विलम्ब किया भटार्क! महादेवी.... एक दिन जिसके नाम पर गुप्त-साम्राज्य नतमस्तक होता था, आज उसकी अन्त्येष्टि क्रिया के लिए कोई उपाय नहीं। हा दुर्दैव!
भटार्कः	*(ताली बजाती है, सैनिक आते हैं)* महादेवी की अन्त्येष्टि-क्रिया राज-सम्मान से होनी चाहिए। चलो, शीघ्रता करो।
	(देवकी के शव को एक ऊँचे स्थान पर दोनों मिलकर रखते हैं)
कमलाः	भटार्क ! इस पुण्यचरण के स्पर्श से सम्भव है, तेरा पाप छूट जाय।

(भटार्क और कमला पर तीव्र आलोक)

(दृश्यान्तर)

तृतीय दृश्य

(कश्मीर के न्यायाधिकरण में मातृगुप्तऋ एक स्त्री और दण्डनायक)

मातृगुप्तः	नन्दीग्राम के दण्डनायक देवनन्द। यह क्या है?
देवनन्दः	कुमारामात्य की जय हो। बहुत परिश्रम करने पर भी मैं इस रमणी के अपहत धन का पता न लगा सका। इसमें मेरा अपराध अधिक नहीं।
मातृगुप्तः	फिर किसका है? तुम गुप्त-साम्राज्य का विधान भूल गये। प्रजा की रक्षा के लिए कर लिया जाता है। यदि तुम उसकी रक्षा न कर सके तो वह अर्थ तुम्हारी भृति से कट कर इस रमणी को मिलेगा।
देवनन्दः	परन्तु वह इतना अधिक है कि मेरे जीवन-भर की भृति से भी उसका भरना असम्भव है।

मातृगुप्तः तब राजकोष उसे देगा, और तुम उसका फल भोगोगे।

देवनन्दः परन्तु मैं पहले ही निवेदन कर चुका हूँ, इसमें मेरा अपराध अधिक नहीं है। यह श्रीनगर की सबसे अधिक समृद्धिशालिनी वेश्या है। यह अपने अन्तरंग लोगों का परिचय भी नहीं बताती; फिर मैं कैसे पता लगाऊँ? गुप्तचर भी थक गये।

मातृगुप्तः हाँ, इसका नाम मैं भूल गया।

देवनन्दः मालिनी।

मातृगुप्तः क्या! मालिनी? *(कुछ सोचता हुआ)* अच्छा, जाओ कोषाध्यक्ष को भेज दो।

(देवनन्द का प्रस्थान)

मातृगुप्तः मालिनी। अवगुण्ठन हटाओ, सिर ऊँचा करो, मैं अपना भ्रम निवारण करना चाहता हूँ।

(अवगुण्ठन हटाकर मालिनी मातृगुप्त की ओर देखती है: मातृगुप्त चकित होकर उसको देखता है)

मातृगुप्तः तुम कौन हो मालिनी? छलना। नहीं-नहीं, भ्रम है।

मालिनीः नहीं मातृगुप्त, मैं ही हूँ। अवगुण्ठन केवल इसलिए था कि मैं तुम्हें मुख नहीं दिखला सकती थी। मातृगुप्त। मैं वहीं हूँ।

मातृगुप्तः तुम ? नहीं मेरी मालिनी। मेरे हृदय की आराध्य देवता-वेश्या। असम्भव। परन्तु नहीं, वही है मुख। यद्यपि विलास ने उस पर अपनी मलिन छाया डाल दी है-उस पर अपने अभिशाप की छाप लगा दी है; पर तुम वही हो। हा दुर्देव !

मालिनीः दुर्दैव।

मातृगुप्तः मैं आज तक तुम्हें पूजता था। तुम्हारी पवित्र स्मृति को कंगाल की निधि की भाँति छिपाये रहा। मूर्ख मैं... आह मालिनी! मेरे शून्य भाग्याकाश के मन्दिर का द्वार खोलकर तुम्हीं ने उनींदी उषा के सदृश झाँका था, और मेरे भिखारी संसार पर स्वर्ण दिया था। तुम्हीं ने मालिनी ! तुमने सोने के लिए नन्दन का अम्लान कुसुम बेच डाला। जाओ मालिनी। राजकोष से अपना धन ले लो।

मालिनीः (मातृगुप्त के पैरों पर गिरती हुई) एक बार क्षमा कर दो मातृगुप्त।

मातृगुप्तः मैं इतना दृढ़ नहीं हूँ मालिनी कि तुम्हें इस अपराध के कारण भूल जाऊँ। पर वह स्मृति दूसरे प्रकार की होगी। उसमें ज्वाला न होगी। धुआँ उठेगा और तुम्हारी मूर्ति धुँधली होकर सामने आयेगी! जाओ।

(मालिनी का प्रस्थान, चर का प्रवेश)

चरः कुमारामात्य की जय हो।

मातृगुप्तः क्या समाचार है? सम्राट् का पता लगा?

चरः नहीं। पंचनद हूणों के अधिकार में है, और वे काश्मीर पर भी आक्रमण करना चाहते हैं।

(चर का प्रस्थान)

मातृगुप्तः तो सब गया। मेरी कल्पना के सुन्दर स्वप्नों का प्रभात हो रहा है। नाचती हुई नीहार-कणिकाओं पर तीखी किरणों के भाले। ओह। सोचा था कि देवता जायेंगे, एक बार आर्यावर्त में गौरव का सूर्य चमकेगा, और पुण्य कर्मों से समस्त पाप-पंक धुल जायेंगे; हिमालय से निकली हुई सप्तसिन्धु तथा गंगा-यमुना की घाटियाँ किसी आर्य सद्गृहस्थ के स्वच्छ और पवित्र आँगन-सी भूखी जाति के निर्वासित प्राणियों को अन्नदान देकर सन्तुष्ट करेंगी; और आर्य जाति अपने दृढ़ सबल हाथों में शस्त्र-ग्रहण करके पुण्य का पुरस्कार और पाप का तिरस्कार करती हुई, अचल हिमालय की भाँति सिर ऊँचा किये, विश्व को सदाचरण के लिए सावधान करती रहेगी, आलस्य-सिन्धु में शेष पर्यक शायी सुषुप्तिनाथ जागेंगे; सिन्धु में हलचल होगी, रत्नाकर से रत्नराशियाँ आर्यावर्त की बेलाभूमि पर निछावर होंगी। उद्बोधन के गीत गाये-हृदय के उद्गार सुनाये जायेंगे, परन्तु पासा पलट कर भी न पलटा! प्रवीर उदार-हृदय स्कन्दगुप्त, कहाँ है? तब, काश्मीर। तुझसे विदा!

(प्रस्थान)

(दृश्यान्तर)

चतुर्थ दृश्य

(नगर प्रान्त के पथ में धातुसेन और प्रख्याकीर्ति)

प्रख्यातकीर्तिः प्रिय वयस्य! आज तुम्हें आये इतने दिन हुए, क्या सिंहल का राज्य भारत-पर्यटन के सामने तुच्छ प्रतीत होता है?

धातुसेनः भारत समग्र विश्व का है, और सम्पूर्ण वसुन्धरा इसके प्रेमपाश में आबद्ध है! अनादिकाल से ज्ञान की, मानवता की ज्योति यह विकीर्ण कर रहा है। वसुन्धरा का हृदय-भारत-किस मूर्ख को प्यारा नहीं है? तुम देखते नहीं कि विश्व का सबसे ऊँचा श्रृंग इसके सिरहाने, और सबसे गम्भीर तथा विशाल समुद्र इसके चरणों के नीचे है? एक-से-एक सुन्दर दृश्य प्रकृति ने अपने इस घर में चित्रित कर रखा है। भारत के कल्याण के लिए मेरा सर्वस्व अर्पित है। किन्तु देखता हूँ, बौद्ध जनता और संघ भी साम्राज्य के विरुद्ध हैं। महाबोधि-विहार के संघ महास्थविर ने निर्वाण-लाभ किया है, उस पद के उपयुक्त भारत-भर में केवल प्रख्यातकीर्ति है। तुमसे संघ की मलिनता बहुत-कुछ धुल जायेगी।

प्रख्यातकीर्तिः राजमित्र! मुझे क्षमा कीजिए। मैं धर्म-लाभ करने के लिए भिक्षु हुआ हूँ, महास्थविर बनने के लिए नहीं!

धातुसेनः मित्र! मैं मातृगुप्त से मिलना चाहता हूँ।

प्रख्यातकीर्तिः वह तो विरक्त होकर घूम रहा है।

धातुसेनः तुमको मेरे साथ काश्मीर चलना होगा।

प्रख्यातकीर्तिः पर अभी तो कुछ दिन ठहरोगे?

धातुसेनः जहाँ तक सम्भव हो, शीघ्र चलो।

(एक भिक्षु का प्रवेश)

भिक्षुः आचार्य ! महान् अनर्थ!

प्रख्यातकीर्तिः क्या है? कुछ कहो भी!

भिक्षुः विहार के समीप जो चतुष्पथ का चैत्य है वहाँ कुछ ब्राह्मण बलि करना चाहते हैं! इधर भिक्षु और बौद्ध जनता उत्तेजित है।

धातुसेनः चलो, हम लोग भी चलें, उन उत्तेजित लोगों को शान्त करने का प्रयत्न करें।

(सब जाते हैं)

(दृश्यान्तर)

पंचम दृश्य

(बिहार के समीप चतुष्पथ। एक ओर ब्राह्मण लोग बलि का उपकरण लिए, दूसरी ओर उत्तेजित भिक्षु और बौद्ध जनता।)

(दण्डनायक का प्रवेश)

दण्डनायकः नागरिकगण! यह समय अन्तर्विग्रह का नहीं है। देखते नहीं हो कि साम्राज्य बिना कर्णधार का पोत होकर डगमगा रहा है, और तुम लोग क्षुद्र बातों के लिए परस्पर झगड़ते हो।

ब्राह्मणः इन्हीं बौद्धों ने गुप्त शत्रु का काम किया है। कई बार के विताड़ित हूण इन्हीं लोगों की सहायता से पुनः आये हैं। इन गुप्त शत्रुओं को कृतघ्नता का उचित दण्ड मिलना चाहिए।

श्रमणः ठीक है। गंगा, यमुना और सरयू के तट पर गड़े हुए यज्ञयूप सद्धर्मियों की छाती में ठुकी हुई कीलों की तरह अब भी खटकते हैं। हम लोग निस्सहाय थे, क्या करते? विधर्मी विदेशी की शरण में भी यदि प्राण बच जाएँ और धर्म की रक्षा हो। राष्ट्र और समाज मनुष्य के द्वारा बनते हैं–उन्हीं के सुख के लिए। जिस राष्ट्र और समाज से हमारी सुख-शान्ति में बाधा पड़ती हो, उसका हमें तिरस्कार करना ही होगा। इन संस्थाओं का उद्देश्य है–मानवों की सेवा। यदि वे हमीं से अवैध सेवा लेना चाहें और हमारे कष्टों को न हटावें, तो हमें उनकी सीमा के बाहर जाना ही पड़ेगा !

ब्राह्मणः ब्राह्मणों को इतनी हीन अवस्था में बहुत दिनों तक विश्वनियन्ता नहीं देख सकते। जो जाति विश्व के मस्तिष्क का शासन करने का अधिकार लिये उत्पन्न हुई है, वह कभी चरणों के नीचे न बैठेगी। आज यहाँ बलि होगी—हमारे धर्माचरण स्वयं विधाता भी बाधा नहीं डाल सकते।

श्रमणः निरीह प्राणियों के वध में कौन-सा धर्म है, ब्राह्मण? तुम्हारी इसी हिंसा-नीति और अहंकारमूलक आत्मवाद का खण्डन तथागत ने किया था। उस समय तुम्हारा ज्ञान-गौरव कहाँ था? क्यों नत-मस्तक होकर समग्र जम्बूद्वीप ने उस ज्ञान-रणभूमि के प्रधान मल्ल के समक्ष हार स्वीकार की? तुम हमारे धर्म पर अत्याचार करना चाहते हो, यह नहीं हो सकेगा। इन पशुओं के बदले हमारी बलि होगी। रक्तपिपासु दुर्दान्त ब्राह्मणदेव ! तुम्हारी पिपासा हम अपने रुधिर से शान्ति करेंगे।

धातुसेनः *(प्रवेश करके)* अहंकारमूलक आत्मवाद का खण्डन करके गौतम ने विश्वात्मावाद को नष्ट नहीं किया। यदि वैसा करते तो इतनी करुणा की क्या आवश्यकता थी? उपनिषदों के नेति-नेति से ही गौतम का अनात्मवाद पूर्ण है। यह प्राचीन महर्षियों का कथित सिद्धान्त, मध्यमा प्रतिपदा के नाम से, संसार में प्रचारित हुआ। व्यक्तिरूप में आत्मा के सदृश कुछ नहीं है। वह एक सुधार था, उसके लिए रक्तपात क्यों?

दण्डनायकः देखो, यदि ये हठी लोग कुछ तुम्हारे समझाने से मान जायें, अन्यथा यहाँ बलि न होने दूँगा।

ब्राह्मणः क्यों न होने दोगे? अधार्मिक शासक। क्यों न होने दोगे? आज गुप्त कुचक्रों से गुप्त-साम्राज्य शिथिल है। कोई क्षत्रिय राजा नहीं जो ब्राम्हण के धर्म की रक्षा कर सके—जो धर्माचरण के लिए अपने राजकुमारों को तपस्वियों की रक्षा में नियुक्त करे। आह धर्मदेव । तुम कहाँ हो?

धातुसेनः सप्तसिन्धु-प्रदेश नृशंस हूणों से पादाक्रान्त है। जाति भीत और त्रस्त है, और उसका धर्म असहाय अवस्था में पैरों से कुचला जा रहा है। क्षत्रिय राजा, धम्र का पालन कराने वाला राजा, पृथ्वी पर क्यों नहीं रह गया? आपने इसे विचारा है? क्यों ब्राम्हण टुकड़ों के लिए अन्य लोगों की उपजीविका छीन रहे हैं? क्यों एक वर्ण के लोग दूसरों की अर्थकरी वृत्तियाँ ग्रहण करने लगे हैं? लोभ ने तुम्हारे धर्म का व्यवसाय चला दिया। दक्षिणा की योग्यता से-स्वर्ग, पुत्र, धन, यश, विजय औश्र मोक्ष तुम बेचने लगे। कामना से अन्धी जनता के विलासी समुदाय के ढोंग के लिए तुम्हारा धर्म आवरण हो गया है। जिस धर्म के आचरण के लिए पुष्कल स्वर्ण चाहिए, वह धर्म जन-साधारण की सम्पत्ति नहीं। धर्मवृक्ष के चारों ओर स्वर्ण के काँटेदार जाल फैलाये गये हैं। और व्यवसाय की ज्वाला से वह दग्ध हो रहा है। जिन धनवानों के लिए तुमने धर्म को सुरक्षित रखा, उन्होंने समझा कि धर्म धन से खरीदा जा सकता है; इसलिए धनोपार्जन मुख्य हुआ और धर्म गौण। जो पारस्यदेश की मूल्यवान मदिरा रात को पी सकता है, वह धार्मिक बने रहने के लिए प्रभात में एक गो-निष्क्रिय भी कर सकता है। धर्म को बचाने के लिए तुम्हें राजशक्ति की आवश्यकता हुई। धर्म इतना निर्बल है कि वह पाशव बल के द्वारा सुरक्षित होगा?

ब्राह्मणः तुम कौन हो? मूर्ख उपदेशक। हट जाओ। तुम नास्तिक प्रच्छन्न बौद्ध। तुमको क्या अधिकार है कि हमारे धर्म की व्याख्या करो ?

धातुसेनः ब्राम्हण क्यों महान् है। इसलिए कि वे त्याग और क्षमा की मूर्ति हैं। इसी के बल पर बड़े-बड़े सम्राट् उनके आश्रमों के निकट निरस्त्र होकर जाते थे, और वे तपस्वी ऋत और अमृत वृत्ति से जीवन निर्वाह करते हुए सायंः प्रातः अभिलाषा में भगवान् से प्रार्थना करते थे–

सर्वेऽपि सुखिनःसन्तु सर्वे निरामयाः।
सर्वे भद्राणि पश्यन्तु मा कश्चिददुः खमाप्यनुयात् ।।

आप लोग उन्हीं ब्राह्मणों की सन्तान हैं, जिन्होंने अनेक यज्ञों को एक बार ही बन्द कर दिया था। उनका धर्म समयानुकूल प्रत्येक परिवर्तन को स्वीकार करता है; क्योंकि मानव बुद्धि-ज्ञान की–जो वेदों के द्वारा हमें मिला है-प्रस्तार करेगी, उसके विकास के साथ बढ़ेगी और यही धर्म की श्रेष्ठता है।

प्रख्यातकीर्तिः धर्म के अन्धभक्तो! मनुष्य अपूर्ण है। इसलिए सत्य का विकास जो उनके द्वारा होता है, अपूर्ण होता है। यही विकास का रहस्य है। यदि ऐसा न हो तो ज्ञान की वृद्धि असम्भव हो जाय। प्रत्येक प्रचारक को कुछ-न-कुछ प्राचीन असत्य परम्पराओं का आश्रय इसी से ग्रहण करना पड़ता है। सभी धर्म, समय और देश की स्थिति के अनुसार, निवृत्त होते रहे हैं और होंगे। हम लोगों की हठधर्मिता, से उन आगन्तुक क्रमिक पूर्णता प्राप्त करने वाले ज्ञानों से मुँह न फेरना चाहिए। हम लोग एक ही मूल धर्म की दो शाखाएँ है। आओ हम दोनों के विचार के फूलों से दुख-दग्ध मानवों का कठोर पथ कोमल करें।

बहुत-से लोगः ठीक तो है, ठीक तो है, हम लोग व्यर्थ आपस में ही झगड़ते हैं और आततायियों को देखकर घर में घुस जाते हैं। हूणों के सामने तलवारें लेकर इसी तरह क्यों नहीं अड़ जाते?

दण्डनायकः यही तो बात है नागरिक !

प्रख्यातकीर्तिः मैं इस बिहार का आचार्य हूँ, और मेरी सम्मति धार्मिक झगड़ों में बौद्धों की माननी चाहिए। मैं जानता हूँ कि भगवान ने प्राणिमात्र को बराबर बनाया है, और जीव-रक्षा इसीलिए धर्म है। किन्तु जब तुम लोग स्वयं इसके लिए युद्ध करोगे, तो हत्या की संख्या बढ़ेगी ही। अतः यदि तुम में कोई सच्चा धार्मिक हो तो वह आगे आये, और ब्राम्हणों से पूछे कि आप मेरी बलि देकर इतने जीवों को छोड़ सकते हैं? क्योंकि इन पशुओं से मनुष्यों का मूल्य ब्राम्हणों की दृष्टि मैं भी विशेष होगा। आइए, कौन आता है, किसे बोधिसत्व होने की इच्छा है।

(बौद्धों में से कोई नहीं हिलता)

प्रख्यातकीर्तिः *(हँसकर)* यही आपका धर्मोन्माद था? एक युद्ध करने वाली मनोवृत्ति की प्रेरणा से उत्तेजित होकर अधर्म करना और धर्माचरण की दुन्दुभी बजाना-यही आपकी करुणा की सीमा है? जाइए घर लौट जाइए। *(ब्राम्हण से)* आओ रक्त-पिपासु धार्मिक! लो मेरा उपहार देकर अपने देवता को सन्तुष्ट करो। *(सिर झुका लेता है)*

ब्राह्मणः *(तलवार फेंककर)* धन्य हो महाश्रमण। मैं नहीं जानता था कि तुम्हारे ऐसे धार्मिक भी इसी संघ में है। मैं बलि नहीं करूँगा।

(जनता में जय-जयकार, सब धीरे-धीरे जाते हैं)

(दृश्यान्तर)

षष्ठ दृश्य

(पथ में विजया और मातृगुप्त)

विजयाः नहीं कविवर! ऐसा नहीं।

मातृगुप्तः कौन, विजया?

विजयाः आश्चर्य और शोक का समय नहीं है। सुकवि-शिरोमणि। गा चुके मिलन-संगीत, गा चुके कोमल कल्पनाओं के लचीले गान, रो चुके प्रेम के पचड़े? एक बार वह उद्बोधन-गीत गा दो कि भारतीय अपनी नश्वरता परविश्वास करके अमर भारत की सेवा के लिए सन्नद्ध हो जायें।

मातृगुप्तः कौन, विजया ?

विजयाः हाँ मातृगुप्त ! एक प्राण बचाने के लिए जिसने तुम्हारे हाथ में काश्मीर-मण्डल दे दिया था, आज तुम उसी सम्राट् को खोजते हो? एक नहीं ऐसे सहस्त्र स्कन्दगुप्त, ऐसे सहस्त्रों देव-तुल्य उदार युवक, इस जन्मभूमि पर उत्सर्ग हो जायें। सुना दो वह संगीत-जिससे पहाड़ हिल जाय; और समुद्र काँप कर रह जाय, अँगड़ाइयाँ लेकर मुचकुन्द

की मोह निद्रा से भारतवासी जाग पड़ें। हम तुम गली-गली, कोने-कोने पर्यटन करेंगे, पैर पड़ेंगे, लोगों को जगावेंगे!

मातृगुप्तः वीर बोले ! तुम धन्य हो। आज से मैं यहीं करूँगा *(देखकर)* वह लो-चक्रपालित आ रहा है।

(चक्रपालित का प्रवेश)

चक्रपालितः लक्ष्मी की लीला, कमल के पत्तों पर जल-बिन्दु, आकाश से मेघ समारोह-अरे इनसे भी क्षुद्र-नीहार कणिकाओं की प्रभात-लीला, मनुष्य की अदृष्टलिपि वैसी ही है, जैसी अग्नि रेखाओं से कृष्ण-मेघ में बिजली को वर्णमाला-एक क्षण में प्रज्वलित, दूसरे क्षण में विलीन होने वाली। भविष्यत् का अनुचर तुच्छ मनुष्य केवल अतीत का स्वामी है।

मातृगुप्तः बन्धु चक्रपालित !

चक्रपालितः कौन-मातृगुप्त ?

भीमवर्म्मा: *(सहसा प्रवेश करके)* कहाँ है मेरा भाई, मेरे हृदय का बल, भुजाओं का तेज, वसुन्धरा का श्रृंगार, वीरता का वरणीय बन्धु, मालव-मुकुट आर्यबन्धुवर्म्मा ?

(प्रख्यातकीर्ति और श्रमण का प्रवेश)

प्रख्यातकीर्तिः सब पागल, लूटे गये से अनाथ और आश्रयहीन यही तो हैं। आर्यराष्ट्र के कुचले हुए अंकुर, भग्न साम्राज्य पोत के टूटे हुए पटरे और पतवार, ऐसे वीर हृदय ! ऐसे उदार!!

मातृगुप्तः तुम कौन हो ?

प्रख्यातकीर्तिः सम्भवतः तुम्हीं मातगुप्त हो !

मातृगुप्तः *(शंका से देखता हुआ)* क्यों अहेरी कुत्तों के समान सूँघते हुए यहाँ भी! परन्तु तुम....।

प्रख्यातकीर्तिः सन्देह मत करो। मातृगुप्त! शैशव-सहचर कुमार धातुसेन की आज्ञा से मैं तुम लोगों की खोज रहा हूँ। यह लो प्रमाण-पत्र ।

मातृगुप्तः (पढ़कर) धन्य सिंहल के युवराज, श्रमण! कह देना, मैं आज्ञानुसार चलूँगा, और कनिष्क चैत्य के समीप भेंट होगी।

प्रख्यातकीर्तिः कल्याण हो! *(जाता है)*

विजयाः कहाँ चलें हम लोग?

मातृगुप्तः उसी जंगल में।

(सब लोग जाते हैं)

(दृश्यान्तर)

सप्तम दृश्य

(कमला की कुटी में विचित्र अवस्था में स्कन्दगुप्त का प्रवेश)

स्कन्दगुप्तः बौद्धों का निर्वाण, योगियों की समाधि और पागलों की सी सम्पूर्ण विस्मृति मुझे एक साथ चाहिए। चेतना कहती है कि तू राजा है, और उत्तर में जैसे कोई कहता है कि तू खिलौना है उसी-खिलवाड़ी वटपत्राशायी बालक के हाथों का खिलौना है। तेरा मुकुट श्रमजीवी की टोकरी से भी तुच्छ है! करुणा सहचर। क्या जिस पर कृपा होती है, उसी को दुख का अमोघ दान देते हो? नाथ! मुझे दुखों से भय नहीं। संसार के संकोचपूर्ण संकेतों की लज्जा नहीं। वैभव की जितनी कड़ियाँ टूटती हैं, उतना ही मनुष्य बन्धनों से छूटता है और तुम्हारी ओर अग्रसर होता है? परन्तु यह ठीकरा इसी सिर पर फूटने को था! आर्य साम्राज्य का नाश इन्हीं आँखों को देखना था! हृदय काँप उठता है, देशाभिमान गरजने लगता है। मेरा स्वत्व न हो, मुझे अधिकार की आवश्यकता नहीं। यह नीति और सदाचारों का महान आश्रय वृक्ष-गुप्त-साम्राज्य हरा-भरा रहे, और कोई भी इसका उपयुक्त रक्षक हो। ओह! जाने दो, गया, सब कुछ गया! मन बहलाने को कोई वस्तु नहीं रही। कर्तव्य विस्मृतः भविष्य अन्धकारपूर्ण, लक्ष्यहीन दौड़ और अनन्त सागर का सन्तरण है!

बजा दो वेणु मनमोहन! बजा दो
हमारे सुप्त जीवन को जगा दो
विमल स्वातन्त्र्य का बस मन्त्र फूँको
हमें सब भीति-बन्धन से छुड़ा दो
सहारा उन अँगुलियों का मिले हाँ
रसीले राग में मन को मिला दो
तुम्हीं सब हो इसी की चेतना हो
इसे आनन्दमय जीवन बना दो

(प्रार्थना में झुकता है। उन्मत्त भाव से शर्वनाग का प्रवेश)

शर्वनागः छीन लिया, गोद से छीन लिया; सोने के लोभ से मेरे लालों को शूल के मांस की तरह सेंकने लगे। जिन पर विश्व भर का भण्डार लुटाने को मैं प्रस्तुत था उन्हीं गुदड़ी के लालों को राक्षसों—ने हूणों ने लुटेरों ने लूट लिया। किसने आहों को सुना? भगवान् ने? नहीं, उस निष्ठुर ने नहीं सुना। देखते हुए भी न देखा। आते थे कभी एक पुकार पर, दौड़ते थे कभी आधी आह पर, अवतार लेते थे कभी आर्यो की दुर्दशा से दुखी होकर, अब नहीं। देश के हरे कानन चिता बन रहे हैं। घधकती हुई नाश की प्रचण्ड ज्वाला दिग्दाह कर रही है। अपने ज्वालामुखियों को बर्फ की मोटी चादर से छिपाये हिमालय मौन है, पिघलकर क्यों नहीं समुद्र से जा मिलता? अरे जड़, मुक, बधिर, प्रकृति के टीले !

(उन्मत्त भाव से प्रस्थान)

स्कन्दगुप्तः कौन है? यह शर्वनाग है क्या? क्या अन्तर्वेद भी हूणों से पादाक्रान्त हुआ? अरे आर्यावर्त के दुर्दैव, बिजली के अक्षरों से क्या भविष्यत् लिख रहा है? भगवान! यह अधोन्मत्त शर्व! आर्य-साम्राज्य की हत्या का कैसा भयानक दृश्य है? कितना बीभत्स है! सिंहों की बिहार स्थली में श्रृंगाल वृन्द सड़ी लाथ नोच रहे हैं।

(पगली रामा का प्रवेश; स्कन्द को देखकर)

रामाः लुटेरा है तू भी! क्या लेगा, मेरी सूखी, हड्डियाँ? तेरे दाँतों से टूटेंगी? देख तो (हाथ बढ़ाती है)

स्कन्दगुप्तः कौन ? रामा ?

रामाः *(आश्चर्य से)* मैं रामा हूँ! हाँ, जिसकी सन्तान को हूणों ने पीस डाला! *(ठहरकर)* मेरी? मेरी सन्तान! इन अभागों की सी वे नहीं थीं वे तो तलवार की बारीक धार पर पैर फैलाकर सोना जानती थी। धधकती हुई ज्वाला में हँसती हुई कूद पड़ती थीं। तुम *(देखती हुई)* लुटेरे भी नहीं, उहूँ, कायर भी नहीं, अकर्मण्य बातों में भुलाने वाले तुम कौन हो? देखा था एक दिन! वहीं तो है जिसने अपनी प्रचण्ड हुँकार से दस्युओं को कँपा दिया था, ठोकर मारकर सोई हुई अकर्मण्य जनता को जगा दिया था, जिसके नाम से रोयें खड़े हो जाते थे, भुजाएं, फड़कने लगती थीं। वहीं स्कन्द-रमणियों का रक्षक, बालकों का विश्वास, वृद्धों का आश्रय और आर्यावर्त की छत्रछाया। नहीं, भ्रम हुआ। तुम निष्प्रभ, निस्तेज, उसी के मलिन चित्र-से तुम कौन हो?

(प्रस्थान)

स्कन्दगुप्तः *(बैठकर)* आह! मैं वही स्कन्द हूँ- अकेला, निस्सहाय ! *(कमला कुटी खोलकर बाहर निकलती है)*

कमलाः कौन कहता है तुम अकेले हो। समग्र संसार तुम्हारे साथ है। सहानुभूति को जाग्रत करो। यदि भविष्यत् से डरते हो कि तुम्हारा पतन ही समीप है, तो तुम उस अनिवार्य स्रोत से लड़ जाओ। तुम्हारे प्रचण्ड और विश्वासपूर्ण पादाघात से विन्ध्य के समान कोई शैल उठ खड़ा होगा जो उस विघ्न-स्रोत को लौटा देगा! राम और कृष्ण के समान क्या तुम भी अवतार नहीं हो सकते ? समझ लो, जो अपने कर्मों को ईश्वर का कर्म समझकर करता है, वहीं ईश्वर का अवतार है। उठो स्कन्द! आसुरी वृत्तियों का नाश करो, सोने वालों को जगाओं और रोने वालों को हँसाओ। आर्यावर्त तुम्हारे साथ होगा और उस आर्य-पताका के नीचे समग्र विश्व होगा वीर।

स्कन्दगुप्तः कौन तुम? भटार्क की जननी।

(नेपथ्य से क्रन्दन- 'बचाओ-बचाओ' का शब्द)

स्कन्दगुप्तः कौन? देवसेना का-सा शब्द। मेरा खड्ग कहाँ है? *(जाता है)*

(देवसेना का पीछा करते हुए हूण का प्रवेश)

देवसेनाः भीम ! भाई! मुझे इस अत्याचारी से बचाओ, कहाँ गये?

हूणः कौन तुझे बचाता है? *(पकड़ना चाहता हूँ, देवसेना छुरी, निकाल कर आत्महत्या करना चाहती है। पर्णदत्त सहसा एक ओर से आकर एक हाथ से हूण की गर्दन दूसरे हाथ से देवसेना की छुरी पकड़ता है)।*

हूणः क्षमा हो।

पर्णदत्तः अत्याचारी। जा तुझे छोड़ देता हूँ। आ बेटी, हम लोग चलें महादेवी की समाधि पर।

कमलाः कहाँ, वहीं-कनिष्क के स्तूप के पास ?

देवसेनाः हाँ, कौन कमला देवी ?

कमलाः वहीं अभागिनी।

देवसेनाः अच्छा, जाती हूँ; फिर मिलूँगी।

(पर्णदत्त के साथ देवसेना का प्रस्थान-स्कन्दगुप्त का प्रवेश)

स्कन्दगुप्तः कोई नहीं मिला। कहाँ से वह पुकार आई थी? मेरा हृदय व्याकुल हो उठा है। सच्चे मित्र बन्धुवर्म्मा की धरोहर ! ओह !

कमलाः वह सुरक्षित है, घबराएं नहीं। कनिष्क के स्तूप के पास आपकी माता की समाधि हैं, वहीं पर पहुँचा दी गयी हैं।

स्कन्दगुप्तः माँ! मेरी जननी! तू भी न रही! हाँ।

(मूर्च्छित होता है, कमला उसे कुटी में उठा ले जाती है)

(पटाक्षेप)

पंचम अंक

प्रथम दृश्य

(पथ में मुद्गल)

मुद्गलः राजा से रंक और ऊपर से नीचे; कभी दुर्वृत्त दानव, कभी स्नेह सँवलित मानव; कहीं वीणा की झनकार, कहीं दीनता का तिरस्कार। *(सिर पर हाथ रखकर बैठ जाता है)* भाग्यचक्र ! तेरी बलिहारी ! जयमाला यह सुनकर कि बन्धुवर्म्मा वीरगति को प्राप्त हुए, सती हो गयी और देवसेना को लेकर बूढ़ा पर्णदत्त देवकुलिक का सा महादेवी की समाधि पर जीवन व्यतीत कर रहा है। चक्रपालित, भीमवर्म्मा और मातृगुप्त राजाधिराज को खोज रहे हैं। सुना है कि विजया का मन कुछ फिरा है, वह भी इन्हीं लोगों के साथ मिली है; परन्तु उस पर विश्वास करने को मन नहीं करता। अनन्तदेवी ने पुरगुप्त के साथ हूणों से सन्धि कर ली है; मगध में महादेवी और परम भट्टारक बनने का अभिनय हो रहा है। सम्राट की उपाधि है 'प्रकाशादित्य' परन्तु प्रकाश के स्थान पर अँधेरा है। आदित्य में गर्मी नहीं। सिंहासन के सिंह सोने के हैं। समस्त भारत हूणों के चरणों में लोट रहा है, और भटार्क मूर्ख की बुद्धि के समान अपने कर्मों पर पश्चाताप कर रहा है। *(सामने देखकर)* वह विजया आ रही है। तो हट चलूँ !

(उठकर जाता है)

विजयाः अरे मुद्गल ! जैसे पहचानता ही न हो। सच है, समय बदलने पर लोगों की आँखें भी बदल जाती हैं।

मुद्गलः तुम कौन हो जी? बेजान-पहचानकर की छेड़ छाड़ अच्छी नहीं लगती; और जिस पर मैं ज्योतिषी। जहाँ देखो वहीं यह प्रश्न होता है, मुझे उन बातों के सुनने में भी संकोच होता है- मुझसे रूठे हुए हैं? किसी दूसरे पर उनका स्नेह है? वह सुन्दरी कब मिलेगी? मिलेगी या

नहीं? - इस देश की छैल छबीली और रसीली छोकरियों ने यही प्रश्न गुरूजी से पाठ में पढ़ा है। अभिसार के लिए, मुहूर्त पूछे जाते हैं।

विजयाः क्या मुद्गल ! मुझे पहचान लेने का भी तुम्हें अवकाश नहीं है?

मुद्गलः अवकाश हो या नहीं, मुझे आवश्यकता नहीं।

विजयाः क्या आवश्यकता न होने से मनुष्य, मनुष्य से बात न करे? सच है आवश्यकता ही संसार के व्यवहारों की दलाल है। परन्तु मनुष्यता भी कोई वस्तु है मुद्गल।

मुद्गलः उसका नाम न लो। जिस हृदय में अखण्ड वेग है, तीव्र तृषणा से जो पूर्ण है, जो कृतघ्नता और क्रूरताओं का भण्डार है, जो अपने सुख-अपनी तृप्ति के लिए संसार में सब कुछ करने को प्रस्तुत है, उसे मनुष्यता से क्या सम्बन्ध है?

विजयाः न सही, परन्तु इतना तो बता सकोगे, सम्राट् स्कन्दगुप्त से कहाँ भेंट होगी? क्योंकि यह पता चला है कि वे जीवित हैं।

मुद्गलः क्या तुम महाराज से भेंट करोगी, किस मुँह से? अवन्ति में एक दिन यह बात सब जानते थे कि विजया महादेवी होगी!

विजयाः उसी एक दिन के बदले मुद्गल आज मैं फिर कुछ कहना चाहती हूँ। वही एक दिन का अतीत आज तक का भविष्य छिपाये था।

मुद्गलः तुम्हारा साहस तो कम नहीं है।

विजयाः मुद्गल ! बता दोगे?

मुद्गलः तुम विश्वास के योग्य नहीं। अच्छा अब और तुम क्या कर लोगी। देवसेना के साथ जहाँ पर्णदत्त रहते हैं, आज कमला देवी के कुटीर से सम्राट वहीं अपनी जननी की समाधि पर जाने वाले हैं, उसी कनिष्क-स्तपू के पास। अच्छा, मैं जाता हूँ। देखो विजया! मैंने बता दिया, पर सावधान !

(जाता है)

विजयाः उसने ठीक कहा। मुझे स्वयं अपने पर विश्वास नहीं। स्वार्थ में ठोकर लगते ही मैं परमार्थ की ओर दौड़ पड़ी, परन्तु क्या यह सच्चा परिवर्तन है? क्या मैं अपने को भूलकर देश-सेवा कर सकूँगी? क्या देवसेना... ओह। फिर मेरे सामने वही समस्या। आज तो स्कन्दगुप्त सम्राट् नहीं हैं प्रतिहिंसे, सो जा। क्या कहा? नहीं, देवसेना ने एक बार मूल्य देकर खरीदा था, परन्तु विजया भी एक बार वही करेगी। देश-सेवा तो होगी ही, यदि मैं अपनी भी कामना पूरी कर सकती। मेरा रत्न-गृह अभी बचा है, उसे सेना-संकलन करने के लिए सम्राट को दूँगी, और एक बार बनूँगी महादेवी। क्या नहीं होगा? अवश्य होगा। अदृष्ट ने इसीलिए उस रक्षित रत्न-गृह को बचाया है। उससे एक साम्राज्य ले सकती हूँ! तो आज वही करूँगी, और इसमें दोनों होंगे-स्वार्थ और परमार्थ।

(प्रस्थान)

(भटार्क का प्रवेश)

भटार्कः अपने कुकर्मों का फल चखने में कड़वा; परन्तु परिणाम में मधुर होता है। ऐसा, वीर ऐसा उपयुक्त और ऐसा परोपकारी सम्राट् । परन्तु गया-मेरी ही भूल से सब गया। आज भी वे शब्द सामने आ जाते हैं, जो उस बूढ़े अमात्य ने कहे थे-"भटार्क' सावधान! जिस काल-भुजंगा राष्ट्रनीति को लेकर तुम खेल रहे हो, प्राण देकर भी उसकी रक्षा करना।" हाय! न हम उसे बस में कर सके और न तो उससे अलग हो सके। मेरी उच्च आकाङ्क्षा, वीरता का दम्भ पाखण्ड की सीमा तक पहुँच गया। अनन्तदेवी-एक क्षुद्र नारी-उसके कुचक्र में, आशा के प्रलोभन में मैंनं सब बिगाड़ दिया। सुना है कि कहीं यहीं स्कन्दगुप्त भी है, चलूँ उस महत् का दर्शन तो कर लूँ।

(पट-परिवर्तन)

द्वितीय दृश्य

(कनिष्ठ स्तूप के पास महादेवी की समाधि।
अकेले पर्णदत्त टहलते हुए)

पर्णदत्तः सुखी रोटियाँ बचाकर रखनी पड़ती हैं। जिन्हें कुत्तों को देते हुए संकोच होता था, उनहीं कुत्सित अन्नों का संचय? अक्षय निधि के समान उन पर पहरा देता हूँ। मैं रोऊँगा नहीं; परन्तु यह रक्षा क्या केवल जीवन का बोझ वहन करने के लिए है! नहीं पर्ण, रोना मत! एक बूँद भी आँसू आँखों में न दिखाई पड़े। तुम जीते रहो, तुम्हारा उद्देश्य सफल होगा। भगवान् यदि होंगे तो कहेंगे कि मेरी सृष्टि में एक सच्चा हृदय था। संतोष कर उछलते हुए हृदय। सन्तोष कर, तू रोटियों के लिए नहीं जीता है; तू उसकी भूल दिखाता है, जिसने तुझे उत्पन्न किया है। परन्तु जिस काम को कभी नहीं किया, उसे करते नहीं बनता, स्वांग भरते नहीं बनता; देश के बहुत-से दुदर्दशाग्रस्त वीर-हृदयों की सेवा के लिए करना पड़ेगा। मैं क्षत्रिय हूँ, मेरा यह पाप ही अधर्म होगा; साक्षी रहना भगवान्।

(एक नागरिक का प्रवेश)

पर्णदत्तः बाबा! कुछ दे दो।

नागरिकः और वह तुम्हारी कहाँ गयी वह... (संकेत करता है)

पर्णदत्तः मेरी बेटी स्नान करने गयी। बाबा! कुछ दे दो।

नागरिकः मुझे उसका गाना बहुत प्यारा लगता है, अगर वह गाती तो तुम्हें कुछ अवश्य मिल जाता। अच्छा फिर आऊँगा *(जाता है)*

पर्णदत्तः *(दाँत पीसकर)* नीच, दुरात्मा, विलास का नारकीय कीड़ा! बालों को सँवारकर, अच्छे कपड़े पहनकर, अब भी घमण्ड से तना हुआ निकलता है। कुलवधुओं का अपमान सामने देखते हुए भी अकड़ कर चल रहा है; अब तक विलास और नीच वासना नहीं गयी। जिस देश के नवयुवक ऐसे हों, उसे अवश्य दूसरों के अधिकार में जाना चाहिए। देश पर यह विपत्ति, फिर भी यह निराली धज!

देवसेनाः *(प्रवेश करके)* क्या है बाबा। क्यों चिढ़ रहे हो? जाने दो, जिसने नहीं दिया-उसने अपना; कुछ तुम्हारा तो नहीं ले गया।

पर्णदत्तः अपना! देवसेना! अन्न पर स्वत्व है भूखों का और धन पर स्वत्व है देशवासियों का। प्रकृति ने उन्हें हमारे लिए-एसहम भूखों के लिए-रख छोड़ा है। वह थाती है, उसे लौटाने में इतनी कुटिलता। विलास के लिए उनके पास पुष्कल धन है, और दरिद्रों के लिए नहीं? अन्याय का समर्थन करते हुए तुम्हें भूल न जाना चाहिए कि...

देवसेनाः बाबा! क्षमा करो। जाने दो, कोई तो देगा।

पर्णदत्तः हमारे ऊपर सैकड़ों अनाथ वीरों के बालकों का भार है। बेटी! ये युद्ध में मरना जानते हैं; परन्तु भूख से तड़पते हुए इन्हें देखकर आँखों से रक्त गिर पड़ता है।

देवसेनाः बाबा! महादेवी की समाधि स्वच्छ करती हुई आ रही हूँ। कई दिन से भीख नहीं लाया; मातृगुप्त भी नहीं; सब कहाँ हैं?

पर्णदत्तः आवेंगे बेटी! तुम बैठो, मैं अभी आता हूँ।

(प्रस्थान)

देवसेनाः संगीत-सभा की अन्तिम लहरदार और आश्रयहीन तान, धूपदान की एक क्षीण गन्ध-रेखा, कुचले हुए फूलों का म्लान सौरभ और उत्सव के पीछे का अवसाद; इन सबों की प्रतिकृति मेरा क्षुद्र नारी जीवन ! मेरे प्रिय गान! अब क्या गाऊँ और क्या सुनाऊँ? इन बार-बार के गाये हुए गीतों में क्या आकर्षण है-क्या बल है जो खींचता है? केवल सुनने का ही नहीं, प्रत्युत् जिसके साथ अनन्त-काल तक कण्ठ मिला रखने की इच्छा जग जाती है। *(गाती है)* शून्य गगन में खोजता जैसे चन्द्र निराश, राका में रमणीय यह किसका मधुर प्रकाश हृदय! तू खोजता किसको छिपा है कौन-सा तुझमें।
मचलता है बता क्या दूँ छिपा तुझसे न कुछ मुझमें रस-निधि में जीवन रहा, मिटी न फिर भी प्यास मुँह खोले मुक्तामयी सीपी स्वाती आस।

हृदय ! तू है बना जल-निधि, लहरियाँ खेलती तुझमें।

मिला अब कौन-सा नवरत्न जो पहले न था तुझमें

(प्रस्थान)

(वेश बदले हुए स्कन्दगुप्त का प्रवेश)

स्कन्दगुप्तः जननी ! तुम्हारी पवित्र स्मृति को प्रणाम! *(समाधि के समीप घुटने टेककर फूल चढ़ाता है)* माँ! अनितम बार आशीर्वाद नहीं मिला, इसी से यह कष्ट, यह अपमान। माँ तुम्हारी गोद में पलकर भी तुम्हारी सेवा न कर सका-यह अपराध क्षमा करो।

(देवसेना का प्रवेश)

देवसेनाः *(पहचानती हुई)* कौन? अरे! सम्राट् की जय हो।

स्कन्दगुप्तः देवसेना !

देवसेनाः हाँ राजाधिराज ! धन्य भाग्य, आज दर्शन हुए।

स्कन्दगुप्तः देवसेना ! बड़ी-बड़ी कामनाएँ थीं।

देवसेनाः सम्राट् !

स्कन्दगुप्तः क्या तुमने यहाँ कोई कुटी बना ली है?

देवसेनाः हाँ, यहीं गाकर भीख माँगती हूँ, और आर्य पर्णदत्त के साथ रहती हुई महादेवी की समाधि परिष्कृत करती हूँ।

स्कन्दगुप्तः मालवेश-कुमारी देवसेना! तुम और यह कर्म! समय जो चाहे करा ले। कभी हमने भी तुम्हें अपने काम का बनाया था। देवसेना! यह सब मेरा प्रायश्चित है। आज मैं बन्धुवर्म्मा की आत्मा को क्या उत्तर दूँगा? जिसने निःस्वार्थ भाव से सब कुछ मेरे चरणों में अर्पित कर दिया था, उससे कैसे उद्धण होऊँगा? मैं यह सब देखता हूँ और जीता हूँ।

देवसेनाः मैं अपने लिए ही नहीं माँगती देव! आर्य पर्णदत ने साम्राज्य के बिखरे हुए सब रत्न एकत्र किये हैं, वे सब निरवलम्ब हैं। किसी के पास टूटी हुई तलवार ही बची है, तो किसी के जीर्ण वस्त्रखण्ड, उन सबकी सेवा इसी आश्रम में होती है।

स्कन्दगुप्तः वृद्ध पर्णदत्त, तात पर्णदत्त! तुम्हारी यह दशा? जिसके लोहे से आग बरसती थी, वह जंगल की लकड़ियाँ बटोर कर आग सुलगाता है। देवसेना! अब इसका कोई काम नहीं; चलो महादेवी की समाधि के सामने प्रतिश्रुत हों, हम-तुम अब अलग न होंगे। साम्राज्य तो नहीं है, मैं बचा हैं; वह अपना ममत्व तुम्हें अर्पित करके उऋण होऊँगा और एकान्तवास करूँगा।

देवसेनाः सो न होगा सम्राट! मैं दासी हूँ! मालव ने जो देश के लिए उत्सर्ग किया है, उसका प्रतिदान लेकर मृत आत्मा का अपमान न करूँगी। सम्राट् ! देखो, यहीं पर सती जयमाला की भी छोटी-सी समाधि है, उसके गौरव की रक्षा होनी चाहिए।

स्कन्दगुप्तः देवसेना ! बन्धुवर्म्मा की भी तो यही इच्छा थी।

देवसेनाः परन्तु क्षमा हो सम्राट्। उस समय आप विजया का स्वप्न देखते थे, अब प्रतिदान लेकर मैं उस महत्व को कलंकित न करूँगी। मैं आजीवन दासी बनी रहूँगी; परन्तु आपके प्राप्य में भाग न लूँगी।

स्कन्दगुप्तः देवसेना ! एकान्त में, किसी कानन के कोने में, तुम्हें देखता हुआ, जीवन व्यतीत करूँगा। साम्राज्य की इच्छा नहीं एक बार कह दो।

देवसेनाः तब तो और भी नहीं! मालव का महत्व तो रहेगा ही, परन्तु उसका उद्देश्य भी सफल होना चाहिए। आपको अकर्मण्य बनाने के लिए देवसेना जीवित न रहेगी। सम्राट् क्षमा हो। इस हृदय में... आह ! कहना ही पड़ा, स्कन्दगुप्त को छोड़कर न तो कोई दूसराआया और न वह जायेगा। अभिमानी भक्त के समान निष्काम होकर मुझे उसी की उपासना करने दीजिए, उसे कामना के भँवर में फँसाकर कलुषित न कीजिए नाथ! मैं आपकी ही हूँ मैंने अपने को दे दिया है, अब उसके बदले कुछ लेना नहीं चाहती।

(पैरों पर गिरती है)

स्कन्दगुप्तः *(आँसू पोंछता हुआ)* उठो देवसेना! तुम्हारी विजय हुई। आज से मैं प्रतिज्ञा करता हूँ कि मैं कुमार जीवन ही व्यतीत करूँगा। मेरी जननी की समाधि इसमें साक्षी है।

देवसेनाः हैं, हैं, यह क्या किया!

स्कन्दगुप्तः कल्याण का श्रीगणेश! यदि साम्राज्य का उद्धार कर सका, तो उसे पुरगुप्त के लिए निष्कंटक छोड़ जा सकूँगा।

देवसेनाः *(निःश्वास लेकर)* देवव्रत । तुम्हारी जय हो। जाऊँ आर्य पर्णदत्त को लिवा लाऊँ। *(प्रस्थान)*

(विजया का प्रवेश)

विजयाः इतना रक्तपात और इतनी ममता, इतना मोह-जैसे सरस्वती के शोणित जल में इन्दीवर का विकास। इसी कारण अब मैं भी मरती हूँ। मेरे स्कन्द प्राणाधार !

स्कन्दगुप्तः *(घूमकर)* यह कौन, इन्द्रजाल, मन्त्र? अरे विजया।

विजयाः हाँ, मैं ही हूँ।

स्कन्दगुप्तः तुम कैसे ?

विजयाः तुम्हारे लिए मेरे अन्तस्तल की आशा जीवित है।

स्कन्दगुप्तः नहीं विजया! उस खेल को खेलने की इच्छा नहीं; यदि दूसरी बात हो तो कहो। उन बातों को रहने दो।

विजयाः नहीं, मुझे कहने दो। *(सिसकती हुई)* मैं अब भी...

स्कन्दगुप्तः चुप रहो विजया! यह मेरी आराधना की-तपस्या की भूमि है, इसे प्रवंचना से कलुषित न करो। तुमसे यदि स्वर्ग भी मिले तो मैं उससे दूर रहना चाहता हूँ।

विजयाः मेरे पास अभी दो रत्न-गृह छिपे हैं, जिनसे सेना एकत्र करके तुम सहज ही उन हूणों को परास्त कर सकते हो।

स्कन्दगुप्तः परन्तु साम्राज्य के लिए मैं अपने को नहीं बेच सकता। विजया चली जाओ, इस निर्लज्ज प्रलोभन की आवश्यकता नहीं। यह प्रसंग यहीं तक...।

विजयाः मैंने देशवासियों को सन्नद्ध करने का संकल्प लिया है, और भटार्क का संसर्ग छोड़ दिया है। तुम्हारी सेवा के उपयुक्त बनने का उद्योग कर रही हूँ। मैं मालव और सौराष्ट्र को तुम्हारे लिए स्वतन्त्र करा दूँगी; अर्थलोभी हूण-दस्युओं से उसे छुड़ा लेना मेरा काम है। केवल तुम स्वीकार कर लो।

स्कन्दगुप्तः विजया ! तुमने मुझे इतना लोभी समझ लिया है? मैं सम्राट बनकर सिंहासन पर बैठने के लिए नहीं हूँ। शस्त्र बल से शरीर देकर भी यदि हो सका, तो जन्मभूमि का उद्धार कर लूँगा। सुख के लोभ से, मनुष्य के भय से, मैं उत्कोच देकर क्रीत साम्राज्य नहीं चाहता।

विजयाः क्या जीवन के प्रत्यक्ष सुखों से तुम्हें वितृष्णा हो गयी हैं? आओ हमारे साथ बचे हुए जीवन का आनन्द लो।

स्कन्दगुप्तः और असहाय दीनों को, राक्षसों के हाथ उनके भाग्य पर छोड़ दूँ।

विजयाः कोई दुःख भोगने के लिए है, कोई सुख। फिर सबका बोझा अपने सिर पर लादकर क्यों व्यस्त होते हो?

स्कन्दगुप्तः परन्तु इस संसार को कोई उद्देश्य है। इसी पृथ्वी को स्वर्ग होना है, इसी पर देवताओं का निवास होगा; विश्व-नियन्ता का ऐसा ही उद्देश्य मुझे विदित होता है। फिर उसकी इच्छा क्यों न पूर्ण करूँ; विजया! मैं कुछ नहीं हूँ, उसका अस्त्र हूँ-परमात्मा का अमोघ अस्त्र हूँ। मुझे उसके संकेत पर केवल अत्याचारियों के प्रति प्रेरित होना है। किसी से मेरी शत्रुता नहीं, क्योंकि मेरी निज की कोई इच्छा नहीं। देशव्यापी हलचल के भीतर कोई शक्ति कार्य कर रही है, पवित्र प्राकृतिक नियम अपनी रक्षा करने के लिए स्वयं सन्नद्ध है। मैं उसी ब्रम्हचक्र का एक...

विजयाः रहने दो यह थोथा ज्ञान। प्रियतम! यह भरा हुआ यौवन और प्रेमी हृदय विलास के उपकरणों के साथ प्रस्तुत है। उन्मुक्त आकाश के नील-नीरद मण्डल में दो बिजलियों के समान क्रीड़ा करते-करते हम लोग तिरोहित हो जाएँ। और उस क्रीड़ा में तीव्र आलोक हो जो हम लोगों के विलीन हो जाने पर भी जगत् की आँखों को थोड़े काल के लिए बन्द कर रखे। स्वर्ग की कल्पित अप्सराएँ और इस लोक के अनन्त पुण्य के भागी जीव भी जिस सुख को देखकर आश्चर्य चकित हों, वही मादक सुख घोर आनन्द, विराट्-विनोद हम लोगों का आलिंगन करके धन्य हो जाय !

अगरु-धूम की श्याम लहरियाँ उलझी हों इन अलकों से
व्याकुलता लाली के डोरे इधर फँसे हों पलकों से
व्याकुल बिजली-सी तुम मचलो आर्द्र-हृदय घनमाला से
आँसू बरुनी से उलझे हों, अधर प्रेम के प्याला से
इस उदास मन की अभिलाषा अटकी रहे प्रलोभन से
व्याकुलता सौ-सौ बल खा कर उलझ रही हो जीवन से
छवि-प्रकाश-किरणें उलझी हों जीवन के भविष्य तम से
ये लायेंगी रंग सुलालित होने दो कम्पन सम से
इस आकुल जीवन की घड़ियाँ इन निष्ठुर आघातों से
बजा करें अगणित यन्त्रों से सुख-दुख के अनुपातों से
उखड़ी साँसें उछल रही हों धड़कन से कुछ परिमित हो
अनुनय उलझ रहा हो तीखे तिरस्कार से लाञ्छित हो
यह दुर्बल दीनता रहे उलझी फिर चाहो ठुकराओ
निर्दयता के इन चरणों से, जिसमें तुम भी सुख पाओ

(स्कन्द के पैरों को पकड़ती है)

स्कन्दगुप्तः *(पैर छुड़ाकर)* विजया! पिशाची! हट जा; नहीं जानती, मैंने आजीवन कौमार-व्रत की प्रतिज्ञा की है।

विजयाः तो क्या मैं फिर हारी?

(भटार्क का प्रवेश)

भटार्कः निर्लज्ज हारकर भी नहीं हारता, मरकर भी नहीं मरता।

विजयाः कौन, भटार्क ?

भटार्कः हाँ, तेरा पति भटार्क। दुश्चरित्रे! सुना था कि तुझे देश-सेवा करके पवित्र होने का अवसर मिला है; परन्तु हिंस्र पशु कभी एकादशी का व्रत करेगा-कभी पिशाची शान्ति पाठ पढ़ेगी।

विजयाः *(सिर नीचा करके)* अपराध हुआ।

भटार्कः फिर भी किसके साथ? जिसके ऊपर अत्याचार करके मैं भी लज्जित हूँ, जिससे क्षमा याचना करने में आ रहा था। नीच स्त्री।

विजयाः	घोर अपमान, तो बस.....
	(छुरी निकालकर आत्महत्या करती है)
स्कन्दगुप्तः	भटार्क ! इसके शव का संस्कार करो।
भटार्कः	देव! मेरी भी लीला समाप्त है।
	(छुरी निकालकर अपने को मारना चाहता है। स्कन्दगुप्त हाथ पकड़ लेता है)
स्कन्दगुप्तः	तुम वीर हो, इस समय देश को वीरों का आवश्यकता है। तुम्हारा यह प्रायश्चित नहीं। रणभूमि में प्राण देकर जननी जन्म-भूमि का उपकार करो। भटार्क यदि कोई साथी न मिला तो साम्राज्य के लिए नहीं-जन्म भूमि के उद्धार के लिए मैं अकेला युद्ध करूँगा और तुम्हारी प्रतिज्ञा पूरी होगी, पुरगुप्त को सिंहासन देकर मैं वानप्रस्थ आश्रम ग्रहण करूँगा। आत्महत्या के लिए जो अस्त्र तुमने ग्रहण किया है, उसे शत्रु के लिए सुरक्षित रखो।
भटार्कः	*(स्कन्द के सामने घुटने टेककर)* श्री स्कन्दगुप्त विक्रमादित्य की जय हो। जो आज्ञा होगी, वही करूँगा।
स्कन्दगुप्तः	पहले इस शव का प्रबन्ध होना चाहिए। *(प्रस्थान)*
भटार्कः	*(स्वागत)* इस घृणित शव का अग्नि-संस्कार करना ठीक नहीं! लाओ, इसे यहीं गाड़ दूँ।
	(भूमि खोदते समय एक भयानक शब्द के साथ रत्न-गृह का प्रकट होना और भटार्क का प्रसन्न होकर पुकारना; स्कन्दगुप्त का आकर रत्न-गृह देखना)
स्कन्दगुप्तः	भटार्क ! यह तुम्हारा है।
भटार्कः	हाँ सम्राट् ! यह हमारा है, इसीलिए देश का है। आज से मैं सेना संकलन में लगूँगा।
स्कन्दगुप्तः	वह दूर पर बड़ी भीड़ हो रही है स्तूप के पास।
भटार्कः	नागरिकों का उत्सव है। *(रत्न-ग्रह बन्द करके)* चलिए, देखूँ।

(पट-परिवर्तन)

तृतीय दृश्य

(स्तूप का एक भाग नागरिकों का आना। उन्हीं में वेश बदले हुए मातृगुप्त, भीमवर्म्मा, चक्रपालित, शर्वनाग, कमला, रामा इत्यादि। दूसरी ओर से वृद्ध पर्णदत्त का हाथ पकड़े हुए देवसेना का प्रवेश)

प. नागरिक: अरे वह छोकरी आ गयी, इससे कुछ सुना जाय।

दू. नागरिक: हौ री छोकरी! कुछ गा तो।

पर्णदत्त: भीख दो बाबा। देश के बच्चे भूखे हैं, नंगे हैं, असहाय हैं, कुछ दो बाबा।

प. नागरिक: अरे गाने भी दे बूढ़े।

पर्णदत्त: हाय रे अभागे देश !

(देवसेना गाती है)

देश की दुर्दशा निहारोगे
डूबते को कभी उबारोगे
हारते ही रहे, न है कुछ अब
दाँव पर आपको न हारोगे
कुछ करोगे कि बस सदा रोकर
दीन हो देव को पुकारोगे
सो रहे तुम, न भाग्य सोता है
आप बिगड़ी तुम्हीं सँवारोगे
दीन जीवन बिता रहे जब तक
क्या हुए जा रहे, विचारोगे

पर्णदत्त: नहीं बेटी, निर्लज्ज कभी विचार नहीं करेंगे।

चक्रपालित: आर्य पर्णदत्त की जय।

पर्णदत्त: मुझे जय नहीं चाहिए भीख चाहिए। जो दे सकता हो अपने प्राण जो जन्म भूमि के लिए उत्सर्ग कर सकता हो जीवन, वैसे वीर चाहिए; कोई देगा भीख में?

स्कन्दगुप्त: *(भीड़ से निकलकर)* मैं प्रस्तुत हूँ तात !

भटार्क: श्री स्कन्दगुप्त विक्रमादित्य की जय हो।

(नागरिकों में से बहुत से युवक निकल पड़ते है)

सबः हम हैं, आपकी सेवा के लिए प्रस्तुत हैं।

स्कन्दगुप्तः आर्य पर्णदत्त ।

पर्णदत्तः आओ वत्स । सम्राट् (आलिंगन करता है)

(पट परिवर्तन)

चतुर्थ दृश्य

(महाबोधि-विहार अनन्तदेवी, पुरगुप्त, प्रख्याकीर्ति, हूण-सेनापति)

अनन्तदेवीः इसका उत्तर महाश्रमण देंगे।

हूण-सेनापतिः मुझे उत्तर चाहिए, चाहे कोई दे।

प्रख्यातकीर्तिः सेनापति ! मुझसे सुनो, समस्त उत्तरापथ का बौद्ध-संघ जो तुम्हारे उत्कोच के प्रलोभन में भूल गया था, वह अब न होगा।

हूण –सेनापतिः तभी बौद्ध जनता से जो सहायता हूण सैनिकों को मिलती थी, बन्द हो गयी, और उलटा तिरस्कार।

प्रख्यातकीर्तिः वह भ्रम था। बौद्धों को विश्वास था कि हूण लोग सद्धर्म का उत्थान करने में सहायक होंगे, परन्तु ऐसे हिंसक लोगों को सद्धर्म कोई आश्रय नहीं देगा। *(पुरगुप्त की ओर देखकर)* यद्यपि संघ ऐसे अकर्मण्य युवक को आर्य-साम्राज्य के सिंहासन पर नहीं देखना चाहता, तो भी बौद्ध धर्माचरण करेंगे, राजनीति में भाग न लेंगे।

अनन्तदेवीः भिक्षु ! क्या कह रहे हो? समझकर कहना।

हूण-सेनापतिः गोपाद्रि से समाचार मिला है, स्कन्दगुप्त फिर जी उठा है, और सिन्धु के इस पार के हूण उसके घेरे में हैं; सम्भवतः शीघ्र ही अन्तिम युद्ध होगा। तब तक के लिए संघ को प्रतिज्ञा भंग न करनी चाहिए।

पुरगुप्तः क्या युद्ध ! तुम लोगों को कोई दूसरी बात नहीं...

अनन्तदेवीः चुप रहो।

पुरगुप्तः तब फिर एक पात्र। *(सेवक देता है)*

प्रख्यातकीर्तिः अनार्य! विहार में मद्यपान! निकलो यहाँ से।

अनन्तदेवीः भिक्षु ! समझकर बोलो, नहीं तो मुण्डित मस्तक भूमि पर लौटने लगेगा !

हूण-सेनापतिः इसी की सब प्रवंचना है। इसका तो मैं अवश्य ही वध करूँगा।

प्रख्यातकीर्तिः क्षणिक और आनात्मभव में किसका कौन वध करेगा, मूर्ख।

हूण-सेनापतिः पाखण्ड! मरने के लिए प्रस्तुत हो।

प्रख्यातकीर्तिः सिंहल के युवराज की प्रेरणा से हम लोग इस सत्पथ पर अग्रसर हुए हैं; वहाँ से लौट नहीं सकते हैं।

(हूण-सेनापति मारना चाहता है)

धातुसेनः *(सहसा ससैन्य प्रवेश करके)* 'सम्राट् स्कन्दगुप्त की जय।'

(सैनिक सबको बन्दी कर लेते हैं)

धातुसेनः कुचक्रियों। अपने फल भोगने के लिए प्रस्तुत हो जाओ। भारत के भीतर की बची हुई समस्त हूण-सेना के रुधिर से यह उन्हीं की लगायी ज्वाला शान्त होगी।

अनन्तदेवीः धातुसेन ! यह क्या, तुम हो?

धातुसेनः हाँ महादेवी! एक दिन मैंने समझाया था, तब मेरी अवहेलना की गयी; यह उसी का परिणाम है। *(सैनिकों से)* सबको शीघ्र साम्राज्य स्कन्धावार में ले चलो।

(दृश्यान्तर)

पंचम दृश्य

(रणक्षेत्र)

(सम्राट स्कन्दगुप्त, भटार्क, चक्रपालित, पर्णदत्त, मातृगुप्त भीमवर्म्मा इत्यादि सेना के साथ परिभ्रमण करते हैं)

(गान)

वीरों! हिमालय के आँगन में उसे प्रथम किरणों का दे उपहार।

उषा ने हँस अभिनन्दन किया और पहनाया हीरक हार।
जगे हम, लगे जगाने विश्व लोक में फैला फिर आलोक ।
व्योम-तम-पुञ्ज हुआ तब नष्ट, अखिल संसृति हो उठी अशोक।
विमल वाणी ने वीणा ली कमल-कोमल कर में सप्रीत।
सप्तस्वर सप्तसिन्धु में उठे, छिड़ा तब मधुर साम-संगीत।
बचाकर बीज-रूप से सृष्टि नाव पर झेल प्रलय का शीत।
अरुण केतल लेकर निज हाथ वरुण पथ में हम बढ़े अभीत।
सुना है वह दधीचि का त्याग हमारा जातीयता विकास ।
पुरन्दन ने पवि से है लिखा अस्थि युग का मेरा इतिहास।
सिन्धु-सा विस्तृत और अथाह एक निर्वासित का उत्साह।
दे रही अभी दिखाई भग्न मग्न रत्नाकर में वह राह।
धर्म का ले लेकर जो नाम हुआ करती बलि, कर दी बन्द।
हमीं ने दिया शान्ति सन्देश, सुखी होते देकर आनन्द ।
विजय केवल लोहे की नहीं, धर्म की रही, धरा पर धूम।
भिक्षु होकर रहते सम्राट् दया दिखलाते घर-घर घूम।
यवन को दिया दया का दान चीन को मिली धर्म की दृष्टि।
मिला था स्वर्ण-भूमि को रत्नशील की सिंहल को भी सृष्टि।
किसी का हमने छीना नहीं, प्रकृति का रहा पालना यहीं।
हमारी जन्म-भूमि थी यहीं, कहीं से हम आये थे नहीं।
जातियों का उत्थान-पतन, आंधियाँ, झड़ी प्रचण्ड समीर ।
खड़े देखा, झेला हँसते, प्रलय में पले हुए हम वीर।
चरित थे पूत, भुजा में शक्ति, नम्रता रही सदा सम्पन्न ।
हृदय के गौरव में था गर्व, किसी को देख न सके विपन्न।
हमारे संचय में था दान, अतिथि थे सदा हमारे देव।
वचन में सत्य, हृदय में तेज, प्रतिज्ञा में रहती थी देत।
वही है रक्त, वही है देश, वही साहस है वैसा ज्ञान।
वही है शान्ति, वही है शक्ति, वही हम दिव्य आर्य-सन्तान।

जियें तो सदा उसी के लिए, यही अभिमान रहे,

यह हर्ष। निछावर कर दें हम सर्वस्व, हमारा प्यारा भारतवर्ष।

सबः (*समवेत स्वर में*) जय! राजाधिराज स्कन्दगुप्त की जय!!

(हूण-सेना के साथ खिगिल का आगमन)

खिगिलः बच गया था भाग्य से फिर सिंह के मुख में आना चाहता है! भीषण परशु के प्रहारों से तुम्हें अपनी भूल स्मरण हो जाएगी।

स्कन्दगुप्तः यह बात करने का स्थल नहीं है।

(घोर युद्ध। खिगिंल घायल होकर बन्दी होता है। सम्राट्को बचाने में वृद्ध पर्णदत्त की मृत्यु, गरुड़ध्वज की छाया में वह लिटाया जाता है)

स्कन्दगुप्तः धन्य वीर आर्य पर्णदत्त !

सबः आर्य पर्णदत्त की जय! आर्य साम्राज्य की जय !!

(बन्दी वेश में पुरगुप्त और अनन्तदेवी के साथ धातुसेन का प्रवेश)

स्कन्दगुप्तः मेरी सौतेली माता! इस विजय से आप सुखी होंगी।

अनन्तदेवीः क्यों लज्जित करते हो स्कन्द ! तुम भी तो मेरे पुत्र हो।

स्कन्दगुप्तः आह! यदि नहीं होता मेरी विमाता। तो देश की इतनी दुर्दशा न होती।

अनन्तदेवीः मुझे क्षमा करो सम्राट्।

स्कन्दगुप्तः माता का हृदय सदैव क्षम्य है। तुम जिस प्रलोभन से इस दुष्कर्म में प्रवृत्त हुई, वही तो केकेयी ने भी किया था। तुम्हारा इसमें दोष नहीं। जब तुमने आज मुझे पुत्र कहा, तो तुम्हें माता ही समझेंगा परन्तु कुमारगुप्त के इस अग्नितेज को तुमने अपने कुत्सित कर्मों की राख से ढँक दिया। पुरगुप्त ।

पुरगुप्तः देव! अपराध हुआ। *(पैर पकड़ता है)*

स्कन्दगुप्तः भटार्क ! मैंने तुम्हारी प्रतिज्ञा पूरी की। लो, आज इस रणभूमि में पुरगुप्त को युवराज बनाता हूँ। देखना, मेरे बाद जन्म-भूमि की दुर्दशा न हो। *(रक्त का टीका पुरगुप्त को लगाता है)*

भटार्कः देवव्रत ! अभी आपकी छत्रछाया में हम लोगों को बहुत-सी विजय प्राप्त कनी है; यह आप क्या कहते हैं?

स्कन्दगुप्तः क्षत-जर्जर शरीर अब बहुत दिन नहीं चलेगा, इसी से मैने भावी साम्राज्य नीति की घोषणा कर दी है। इस हूण को छोड़ दो; और कह दो कि सिन्धु के पार के पवित्र देश में कभी आने का साहस न करे।

खिगिंलः आर्य सम्राट् ! आपकी आज्ञा शिरोधार्य है।

(दृश्यान्तर)

षष्ठम् दृश्य

(उद्यान का एक भाग)

देवसेनाः हृदय की कोमल कल्पना। सो जा। जीवन में जिसकी सम्भावना नहीं, जिसे द्वार पर आये हुए लौटा दिया था, उसके लिए पुकार मचाना क्या तेरे लिए कोई अच्छी बात है? आज जीवन के भावी सुख, आशा और आकांक्षा सब में विदा लेती हूँ।

आह! वेदना मिली विदाई
मैंने भ्रमवश जीवन संचित,
मधुकरियों की भीख लुटाई

छलछल थे सन्ध्या के श्रमकण
आँसू से गिरते थे प्रतिक्षण
मेरी यात्रा पर लेती थी
नीरवता अनन्त अँगड़ाई

श्रमित स्वप्न की मधुमाया में
गहन विपिन की तरु छाया में
पथिक उनींदी श्रुति में किसने
यह विहाग की तान उठाई

लगी सतृष्ण दीठ थी सबकी
रही बचाये फिरती कबकी
मेरी आशा आह! बावली

तूने खो दी सकल कमाई

चढ़कर मेरे जीवन-रथ पर
प्रलय चल रहा अपने पथ पर
मैंने निज दुर्बल पद-बल पर
उससे हारी-होड़ लगाई

लौटा लो यह अपनी थाती
मेरी करुणा हा हा खाती
विश्व ! न सँभलेगी यह मुझसे
इसने मन की लाज गँवाई

(स्कन्दगुप्त का प्रवेश)

स्कन्दगुप्तः देवसेना !

देवसेनाः जय हो देव! श्रीचरणों में मेरी भी कुछ प्रार्थना है।

स्कन्दगुप्तः मालवेश-कुमारी, क्या आज्ञा है? आज बन्धुवर्म्मा इस आनन्द को देखने के लिए नहीं है। जननी जन्म भूमि का उद्धार करने की जिस वीर की दृढ़ प्रतिज्ञा थी, जिसका ऋण शोध कभी नहीं किया जा सकता, उसी वीर बन्धुवर्म्मा की भगिनी मालवेश-कुमारी देवसेना की आज्ञा है?

देवसेनाः मैं मृत भाई के स्थान पर यथाशक्ति सेवा करती रही; अब मुझे छुट्टी मिले।

स्कन्दगुप्तः देवि! यह न कहो। जीवन के शेष दिन, कर्म के अवसाद में बचे हुए दुखी लोग, एक दूसरे का मुँह देखकर काट लेंगे। हमने अन्तर की प्रेरणा से शस्त्र द्वारा जो निष्ठुरता की थी, वह इस पृथ्वी को स्वर्ग बनाने के लिए। परन्तु इस नन्दन की वसन्तश्री, इस अमरावती की शची, स्वर्ग की लक्ष्मी तुम चली जाओ-ऐसा मैं किस मुँह से कहूँ? *(कुछ ठहर कर सोचते हुए)* और किस वज्र कठोर हृदय से तुम्हें रोकूं? देवसेना ! देवसेना !! तुम जाओ। हतभाग्य स्कन्दगुप्त, अकेला स्कन्द, ओह !!

देवसेनाः कष्ट हृदय की कसोटी है, तपस्या अग्नि है, सम्राट्! यदि इतना भी न कर सके तो क्या! सब क्षणिक सुखों का अन्त है। जिसमें सुखों का अन्त न हो, इसलिए सुख करना ही न चाहिए। मेरे जीवन के देवता! और उस जीवन के प्राप्य! क्षमा!

(घुटने टेकती है, स्कन्द उसके सिर पर हाथ रखता है)

(यवनिका)